亂雲飛渡猶從容

人生有感

善字的行徑是一個圓(○)，起點在哪裡，終點就在那裡！

阮秀玲 著

我絕不是天才，但如果是塵埃也是一種存在！

從小志願當老師、作家。國中起家道中落，讀中山女中時，也許因為家境欠佳，有一種落魄江湖的感覺，個性孤僻，幾乎是一個獨行俠。大學日間部聯考填志願時，幾乎是當時文組最後一個志願：「靜宜中文系」，填寫時突然聽到一個「stop」的聲音，於是我沒填它，放榜時，我的分數正好落在靜宜中文系。於是我以第一志願考取師大英語系夜間部，五年披星戴月的日子裡，多虧了現今在天堂的父親當時每晚在我下車的公車站風雨無阻地騎摩托車載我回家。我是在永和中正橋父親的摩托車上誕生的，直到現在我還不會騎摩托車實在有點說不過去的。

雖然我國中就很喜歡李清照、李商隱等人的中國古詩詞，但是我很高興有機會在師大英語系先拜會莎士比亞、濟慈，認識希臘羅馬神話故事等。畢業後考取公立小學教師，母親說：「都唸大學了，還學英文，去中學當英文老師吧。」於是我先後在三所私立高職、一所私立貴族綜合高中任教。

學校就是一個小型的社會，甚麼樣的老師都有，甚麼樣的學生也有，所以讓我有一種做這樣也不對，做那樣也不對的感覺，乾脆做自己最對。民國八十一年暑假我又回到師大英語系唸四十學分班研究所。八十四年暑假最後一個學分班課程要寫論文，我當時看完一篇法國短篇小說之王莫泊桑的成名作《脂肪球》而深受感動，於是決定以〈從莫泊桑小說看人性〉做為論文題目，但是當時手邊並沒有與莫泊桑有關的書籍，我是個行動派的人，於是寫信給作家劉墉求助，並告知我的論文要參考他的著作，煩請他把著作書名翻譯成英文給我，劉大師是個很聰明的人，他回我信並稱自己英文造詣不佳，讓我自行翻譯好後影印一份給他，我照做了，劉大師又回信：「秀玲老師，您的翻譯甚佳，我同意。」並且送了我一張他的國畫賀卡，我得好好保存著，將來可能價值連城。

多年前，任職的最後一所學校要把我從導師空降為教務主任，我婉拒了，鐘鼎山林，人各有志。於是我在一〇一年退休了，退休四個月內在家寫了三十來篇散文，一〇二年二月我又透過時報文化出版社將它寄給劉大師，賦閒在家四個月，又不甘寂寞回母校中和國中代課，五月底健康亮起紅燈，緊急辭職。六月中旬劉墉大師閱完我的散文後寄還給我，我當時情況還欠佳，所以把它暫擺一邊，到了十月初，我健康漸漸恢復後，才把劉大師寄還給我的東西拆開來看，劉墉曰：「秀玲老師，拜讀大作溫馨感人，卸下教職正好專心寫作，祝您成功！」於是十月初我又拾筆寫了很大篇幅的前傳、後傳，我請益我四十學分班研究所教比較文學的林茂松老師，他稱我的文章屬於傳記，建議我先出版劉墉大師為我看過的散文。我的前半生有一丁點顛簸，也有一丁點精彩，後半生必在閒雲野鶴中增添更多不凡。

我在養病時期每天爬山認識山友，愛上攝影、投籃、打羽毛球，目前已甩肉二十餘公斤，健康已漸恢復。我在山上遙向對面山上的烘爐地及我爬的這一座山上的兩處小廟宇虔誠拜佛祈禱，除了祈禱自己家人及婆家、娘家全體人員身心健康、學事業順利、婚姻美滿外，必也祈求對我有恩的師長們健康、長命百歲，其中當然包括我生命中的貴人之一劉墉大師了，最後一定祈禱國泰民安、世界和平，我每天閱報關心國家大事，養成事事關心的態度，可能是某位醫生對我說：「調整事事關心的態度」的逆向操作吧！

原來老天讓我右眼近視、左眼遠視的極端，是讓我看清世界，也裝作糊塗，但是只要我們的內心不糊塗，儘管我們都是小人物，就以小人物的方式在屬於自己的角落裡散發一點溫馨又何妨？Linsanity（林書豪）是我的偶像，Linsanity代表一個迅速竄紅的人物故事，他歷經挫敗而仍努力不懈地奮鬥，他在擁有世界各國好手的NBA籃球賽中打球；他不因自己亞裔的血統而自卑，因為他踏實、努力有實力與別人競爭，不畏懼競爭；他即便紅遍全球也沒有大頭症；他聽從教練的指導與調度，犯規次數多了就下場休息；他謙卑、懂禮貌、球隊輸球他自責，球隊贏球他稱是團隊的功勞；他表現好的時候，就用手指向天空並說：「我為上帝打籃球！」……是否有信仰的孩子才懂得謙卑，才不畏懼競爭，才懂得知所進退呢？其實 Linsanity 代表的是努力不懈、勇於接受挑戰與競爭，謙卑、懂禮貌與守法，他絕不是一個英雄主義者，這也就是他迅速竄紅的真正原因！

如果我的書能順利出版，要感謝我生命中的大貴人劉墉大師，我最佩服劉大師的是，即便劉軒、小帆在美國長大，他依然讓他們學習中文，他們接受西方思想的同時，也接受中國文化的薰陶，是否在這種東、西文化洗禮之下的年輕人才更有宏觀?!劉墉在美國教中國的藝術，應邀在世界各地舉行無數次的畫展，他在大陸捐贈四十所希望小學，也回饋台灣同胞很多弱勢團體，因為受到劉大師的感召，我曾經在班上的教室裡親筆寫下「熱情處世，認真過生活」，希望這個社會能像接力賽跑一樣，把好的人、事、物一棒一棒地傳下去，更希望台灣社會能愈挫愈勇！

感謝馬偕的泌尿科醫生許烔明、心臟內科林慧君醫生、骨科醫生何旭育、莊閔堯神經內科何慧慈醫生、皮膚科涂玫音醫師、醫美科杜隆成醫師、杏語心理諮商師陳俊欽、中醫師胡乃文、聿康診所吳東庭醫師*。

一〇三年九月二十八日

阮秀玲 謹記

*感謝這些醫生在我生病期間照料我的病情，使我得以康復。

前言

您相信嗎？一個前年夏天還是重度憂鬱症患者，飽受失眠之苦，白天無法安穩坐在沙發上，雙腳必須不停來回走動，晚上睡覺時需靠先生雙腿壓在肚子上才得以躺在床上。萬念俱灰下，吞老鼠藥自殺，多次爬到校園司令台頂端欲跳下，所幸在家人陪伴與透過心理諮商師治療及服用藥物，更在先生的陪伴與鼓舞下每天爬山運動、投籃、打羽毛球，多管齊下後，我不但甩肉二十公斤，奇蹟似地身心漸漸恢復健康，且關心學運及國家大事，更在無師自通下開始拿起畫筆臨摹已故國畫大師包一民女士畫作，用心、眼觀察周遭所見的花鳥、植物及人物為作畫題材，無所不畫，終於在去年十二月淬煉出我的第一本插畫集《五月花的虛實人生》。今再出版我的第一本散文集《亂雲飛渡猶從容》，裡面是我工作三十年、也是我黃金歲月中與學生、親人、親子間的真實故事，現記錄成冊與諸位先進好友分享，並以此獻給我在天堂的父親、年事已高的母親、公婆、家人、愛我的師長以及那一大群頑皮可愛的學生們。

一〇四年二月五日

輯一　粉筆淚水歡笑交織的黃金歲月

三十年的教學生涯中，由於都擔任導師身份，除了知識的傳授外更得負擔管教學生行為的責任，期間有衝突有淚水，也有學生爭取榮譽時所獲得的歡笑，更有一年年學生替我過生日的驚喜……

RU-486

RU-486，一種用來墮胎的口服藥。認識它，是前年的暑假了，畢業的前兩個星期，平常跟我無話不談，甚至沒大沒小的宛華，在連續請了四、五天假之後，卻突然出現且跟我說她可能懷孕了，頓時眼前這一張讓我再熟悉不過的臉一下子陌生了起來。

我有一種被矇騙的感覺，平常左一聲「阿阮」，右一聲「阿阮」，讓我覺得好窩心的女孩，怎會如此「不乖」（我一時找不到更恰當的形容詞）。我有些慌，一手拉著她說：「走！去馬偕再驗驗看！」她不從，眼淚開始飆了出來。我不死心，「走！到藥房去！」我拉著宛華朝學校後門我熟悉的那一家藥房直奔，老闆在店裡，我一句客套的話都沒有：「老闆，驗孕棒。」「是。」他也沒有表現出絲毫尷尬的表情，大概已經很有經驗了。一個高職老師拉著女學生衝入藥房買驗孕棒，雖然我是教書近三十年來頭一遭，但是高中校園學生懷孕也不是新聞，幾年前，玉珠老師班上的班對在學期中因懷孕而結婚生子的事，我也還沒淡忘，只是發生在自己的班級，而且又是像宛華這樣如此熟悉、乖巧的女孩，一時之間，我真的有些錯愕。

宛華把棒子拿給了藥房老闆，老闆一看棒子便嚴肅地點點頭，這下宛華卻又開始說話了：「老師，其實我自己已經驗過兩次了……」所以她先前說的「可能」懷孕，也只是在試探我的反應罷了！那天之後，宛華又請了一個禮拜的假，回來正好趕上參加畢業典禮，會後她眼中含淚，給了我一束香水百合，輕聲地對我說：「阿阮，謝謝妳。」我也因此先後跟宛華的母親通了幾次電話，電話裡媽媽一直向我道歉與道謝，而我也得知宛華是在婦產科醫師的協助下服用了RU-486把孩子拿掉，當時心裡正想著，曾幾何時墮胎變得如此容易又方便？而這樣的便利，是否也助長了年輕人的隨「性」所「慾」了？

宛華才畢業不到半年，沒想到今年這一班新生裡年紀最大的女孩燕玲，也在請了幾天假之後，突然出現且告訴我她「好像」懷孕了，甚至告訴我她已經有過一次墮胎經驗，當時孩子的爸是上一任男友。於是我又像幾個月前一樣，帶著燕玲到同一家藥房驗孕，同樣的劇情又上演一次。

記得開學不久，我才因為宛華的經驗而對著全班同學說，亂搞男女關係的同學一定會被我退學（我僅取一警惕作用，教育部規定不得將在學懷孕的學生退學，要輔導、協助她），而看來聰明、穩重的燕玲竟然如此不記取教訓又傷害自己，愚笨如我的人都能想到 RU-486 在幫助那些不懂得保護自己的年輕學子的同時，極可能也助長了他們及時行樂、不負責任又愚蠢無知的行為。

一直以來我們所憂心、看到的是台灣的低出生率，而是否關切到校園裡年輕學子上演著那些或縱慾或無知，不負責任、不成熟的感情故事，不但傷害自己也殘害了多少生命？這絕不是我們這一群勢單力薄而憂心忡忡的教育工作者所扛得起的重責，是否該從家庭教育、學校教育、社會教育乃至宗教、道德娛樂、文化等多重層面去關注了解而挽救改善呢？

他是我爸爸

昨天上完二義下午的第一堂課後，班上的小不點跑來辦公室找我，問說：「老師，妳是不是有個跳啦啦隊的學生？眉毛濃濃、皮膚白白的，他說他是別班轉到妳班上的。」正在尋找記憶的當下，我問小不點：「妳怎麼會認識他呢？」

「他來我家修摩托車啊。」小不點答。

「是不是叫什麼『勳』的？」

「他說他是別科併班到你班上的……」

沒錯，應該就是跟哲文同一屆的奇勳了！這一屆可說是創校以來最特別的一班了！我的班原本都是觀光科的學生，高一下的時後，日文科學生流失太多，所以學校把七、八個日文科學生併到我帶的觀光科，而高二下又因為同樣的理由把廣設科學生併到我的班級，成為名符其實的「聯合國」了。

而奇勳是高二下轉過來的其中一位男孩，原本與另一位一起轉過來的胖男孩要好，兩人同時參加啦啦校隊，後來胖男孩受不了啦啦隊的嚴格集訓，先是退了啦啦隊，回學校後又稱與班上同學格格不入，索性休了學。自此奇勳沒了伴，啦啦隊愛練不練的，學校也愛來不來。當時的科辦公室是在一處加蓋的小樓層裡，每次奇勳來學校都會來科辦公室找我聊天，他告訴我他是單親家庭，爸媽在他小學四年級時就離婚了，他和爸爸、姊姊同住，爸爸有暴力行為，每次酗酒後必會毒打他們姊弟，奇勳會反抗爸爸，也會保護姊姊，而媽媽也就是爸爸的暴力行為才訴請離婚，且爸爸依法不得在一百公尺內與媽媽講話。

奇勳國中起就到泡沫紅茶店打工，我曾建議他找學校的輔導老師尋求協助，而輔導老師也說依奇勳的狀況可以替他安排住在收養家庭。有一次奇勳又特別來科辦公室找我聊天，我便趁機問他既然爸爸有暴力傾向，為什麼不跟姊姊離開他呢？奇勳坐在地板上低著頭，兩手搓來搓去地回答：「哎呀，老師妳不懂的啦，好歹他也是我爸爸呀！」

高三下學期開學不久，奇勳突然跟我說他念不下去了，我雖然勸了半天，最後也是徒勞無功，便與其母約了時間來學校辦休學。第一次看見奇勳母親有些驚訝，穿著一身牛仔外套、牛仔褲，看來挺年輕、漂亮的女子，不多話，而我也不便介入別人的家務事，只是依照校規與程序協助他們辦完休學手續後，就向他們道別與祝福了！

畢業後多年來奇勳回學校找過我一次，我因為忙而沒能與他多交談，但他看起來精神不錯的樣子。又有一回他打電話到學校找我，我因為電話中認不出聲音來，他急忙說：「老師，我啦，奇勳啦，我現在在基隆當兵啦……」浮現在我腦海中的，是有著一雙濃眉，白皙的臉龐上有情有義的男孩，我才隱約明白了他當年所說的「好歹他是我爸爸啊！」

十七歲的愛情（一）

昨天下午在某超市旁邊的文心大廈門口遇到畢業十多年已結婚的一對班對學生，我很興奮地喊叫男子的名字：「林慶龍！」只見他很驚訝地向他旁邊抱著小孩的女人說：「老師居然還記得我的名字耶！」旁邊的女人就是慶龍的妻子陳小芹。十幾年前兩人還在學校唸書的時候就是班對了，高三畢業沒多久，兩人就奉子之命結婚了，他們有拿喜餅給我，但是沒有發喜帖，所以當年我也沒有參加他們的婚禮。

慶龍原本是升學班的孩子，高二時轉來我班，沒有多久就跟小芹要好，但是有一天和我很熟的學生佩琪跟我說，以前慶龍在原來的班級有個女友，女友很死心眼，還會到慶龍的住處幫他打掃房子、洗衣服，只是慶龍轉班後就跟小芹搭上了，佩琪還語多曖昧地跟我說：「老師，他們已經很要好了，林慶龍還說要娶她耶。」我心想這兩人的關係一定不單純，反正兩人看起來腦袋都很精光，只要不在畢業前把女孩肚子搞大就好了，老師又能如何呢？

高三畢業沒多久，兩人拿著喜餅到學校給我，聽佩琪說是小芹有了，還好雙方父母同意他們的婚事，也算是有情人終成眷屬，兩人後來順利結婚，聽說不到半年就生了個小女孩。隔年五月初，佩琪打電話邀我吃飯，說是要替我過生日，還說慶龍、小芹夫婦也會參加，我便到嬰兒用品店選購了一套女娃裝，打算聚餐那天帶去給他們夫婦，沒想到當天他們夫婦沒來，我只好悄悄地把衣服帶回家轉送給剛剛得子的表弟。

一晃十多年，去年才在住家附近的頂好超市裡看到小芹帶著一個約莫五、六年級的女孩在買東西，心想當年的速食愛情該不會已經煙消雲散了，因為我記得小芹自己也是單親家庭的孩子，家裡經濟不好，媽媽好像在工地裡幫人做飯的樣子，我心裡這麼想也就沒有過去打招呼了。前幾個月又在超市旁的文心大廈門口碰到小芹，我叫了她的名字，她很開心地跟我說過年前花了一千萬買了文心大廈的房子，現在肚子裡有了老三，前兩個都是女孩，希望這一胎能一舉得男，目前專心在家照顧孩子跟待產。小芹還告訴我她先前在花旗銀行上班，雖然辭了有些可惜，但是照顧孩子也很重要，我便誇她賢慧、能幹，也預祝她生產順利。沒想到昨天竟在文心大廈門口遇到他們全家，看見小芹抱著出世沒多久的老三，我沒多問老三的性別，只是很興奮地叫了林慶龍的名字，也很高興原來當年十七歲的愛情不但修成正果，現在還是一家幸福美滿的模樣，除了不好意思自己先前的猜疑和短見，更慶幸並祝福這一對當年的班對能白頭到老，甜蜜恩愛到永久！

十七歲的愛情（二）

昨天晚上到馬偕醫院看病的時候遇到已經畢業四、五年的少華，他的旁邊還有一個女孩，少華還是跟以前一副吊兒郎當、愛耍嘴皮的樣子，倒是一旁的女孩長相樸實，卻自己介紹她是少華的女朋友，還稱是她自己主動追少華的，只見少華在一旁得意的模樣，然後告訴我他現在一人身兼數職，打算兩年後要結婚，這時少華和旁邊的女孩幸福地對看了一眼，又稱今天氣喘又犯所以來看醫生，現在趕著回去上班，我跟他們互道再見之後，思緒又拉回從前……

少華是高一下日文科併班而轉到我班的學生，剛來的時候見他活潑有禮，也會主動幫忙老師做事。少華與班上的佩瑩同坐一張桌子，兩人一拍即合，剛開始還覺得他們只是愛打鬧的兩個孩子，應該沒啥問題，後來只見兩人愈走愈近，不但一同放學，早上還相約一起來上學，有時少華還會為了等佩瑩而遲到，遲到次數多了之後我便打電話連絡佩瑩母親。原來佩瑩三歲的時候父母離異，母親再嫁，佩瑩與母親、繼父同住，還有一個仍在襁褓中同母異父的弟弟，繼父很疼佩瑩，佩瑩喊他「爹地」，同時佩瑩也與生父還有聯絡。母親說自從佩瑩認識少華後，有時候還會不回家而住在少華家，我很震驚，於是做了家庭訪問，同時也聯絡少華父親，父親很配合，立刻來學校了解，才知道原來少華也是單親家庭，從小父母離異，與父親同住，監護人為父親，但偶爾也會跑到母親住處。

家訪之後，才知其實佩瑩的母親，尤其是繼父很反對兩人的交往，甚至威脅要給佩瑩轉學，但是為了怕管教太嚴而引起反效果，雙方父母都只能各自告誡自己的孩子交朋友沒有關係，但是要準時上下學，課業要顧好。因此在兩個孩子眼裡看來，父母似乎都沒有反對，所以遲到的毛病也沒有改善，更變本加厲地在教室裡無視他人的存在，而當眾親熱起來。很多任課老師看不下去而一一來向我告狀，有些老師甚至覺得我應該在期末的時候讓他們轉換環境，免得帶壞班上風氣。

期末校外旅行的遊覽車裡，少華和佩瑩坐在一起，佩瑩曾告訴我她從小的志願是當歌星，自然不會放過這一次表現的機會，於是在車上一首接一首地唱著，大家也都不吝嗇地給予熱烈的掌聲。在遊覽車上我一一告訴同學他們這兩天的住宿房號，也再三叮嚀老師會查房，不要私下亂換房間，所以第一個晚上算是平靜地度過，同學也玩得開心，但是沒想到第二個晚上少華和佩瑩便與別人換了房間，兩人同住一房，我聽聞後非常生氣，雖然我也知道這不是他們兩人的初夜了，但心裡已經暗下決定，這兩個人不能再待在班上了。當天我與學生都沒有啥互動，而學生也知道我生氣的原因，所以回家的路上在遊覽車裡，儘管佩瑩的歌聲依然美妙動聽，但是唱完後再也沒有人為她鼓掌了。

校外旅行回來後，少華和佩瑩兩人稱要轉到夜校，我也就順著他們的意思沒有再留人了。兩人轉夜校後，偶而在下班的時候還見過他們一起來上學，後來兩人是否順利畢業我不得而知。只是去年有一天我下班走在民權西路的天橋上碰到佩瑩，她主動向我介紹一旁的男孩，說是她現在的男友，我點了點頭，也沒跟她多聊就互道再見了。

看來當年愛得火熱的兩人，現在都各自有了新的伴侶，十七歲的愛情也許純情、癡狂甚或荒唐，而人凡事總要歷經挫折才會成長，不管怎樣，老師都要祝福你們在人生的道路上，無論事業與感情都能走得踏實、平穩！

人生中的C卷

她，一派輕鬆，嘴裡嚼著口香糖，一道接著一道按鈕準確、答題正確。

「抗議，她的手放在按鈕上面。」我的右邊鄰座，也就是DN高工的兩位指導老師一看苗頭不對，大聲向裁判席呼叫。由於「手不能放在按鈕上面」的確是主持人先前的警告，於是本來幾乎煮熟的鴨子飛了，因為抗議成功，比賽必須重來，無辜的小女孩哪裡知道剛剛正上演著一幕「成人的遊戲」，好在她的實力遠遠超過她的運氣，她輕鬆地又過關了。我，一個局外人，不但替她捏了一把冷汗，更興起了一股「看好戲」的念頭，因為與我前來的唯一一個比賽選手既沒有扎實的實力，也談不上有足夠的努力，此番前來參賽，純粹以見見世面、偷得浮生半日閒的心情而來。

中場休息，當然是慰勞前來比賽的選手與帶隊老師的 Tea Time，我按例又和熟人點點頭哈拉兩句，我聽到 UD 高職的指導老師對她的學生說：「Don’t be sorry, I know you’re always the winner.」又聽到左邊鄰座的 CS 高職指導老師也安慰兩位學生：「哎呀，運氣不好啦，妳們英檢中級都通過了耶，我相信他們程度也沒有你們好啦！」「比賽怎麼可以嚼口香糖，一點規矩都沒有，應該抗議！」我一個局外人心裡想著：「比賽辦法中也沒有說不可以嚼口香糖呀，世界成棒賽中不也是一個個都大嚼口香糖嗎？」

我的學生比賽完後對我嚷著說：「老師，運氣很不好耶，別人的題目我都會，我的題目我都不會。」我笑了笑沒有回答她，但是我注意到嚼口香糖的女孩在每一回合中的比賽皆以壓倒性獲勝，嘴裡的口香糖也沒有了，如我所料，最後她順利地獲得第一名，上台領獎的時候脫了外套，穿著一件單薄的白襯衫，比著V字型手勢很高興地上台領獎，雖然禮堂外備有咖啡與點心，室內的禮堂也挺溫暖地，但是我一直覺得今天的天氣就是有些寒。我打算在回家的路上要告訴我的學生，比賽要靠實力與努力，絕不能說自己的運氣不好，這就好比你跟別人說：「喔，我一向在A段班答慣了A卷，所以我不習慣答B段班的B卷。」因為在人生中的每一場比賽裡獲勝的條件，是你不但要會回答A卷與B卷，更要有能耐去應付那一份突如其來的C卷……

喝！喝！哈！嘿！

今早第三節空堂，正坐在辦公室批改作業的時候，背後突然傳來一聲「老師好，我是趙博翰，我在上班了，今天回來看妳。」我立刻起身迎接這位又高又壯的男孩。沒錯！他就是趙博翰，兩年前商經科畢業的學生，其實我並沒有教過他，只是他在學校赫赫有名，因為他是一個特教生，當年在學校時還瘦瘦高高、斯斯文文地，並沒有現在壯碩的樣子，我並不清楚當年他在課堂上與師長和同儕之間的互動情形，但是我知道只要下課鈴一響，他便會立刻衝到我們的迷你校園裡，一個人對著空氣雙手揮拳，嘴裡不停地「喝！喝！哈！嘿！」叫喊個不停，第一次看到他這種舉止的人，可能會因為好奇而駐足，但是習慣後就不再會覺得他的行為怪異了，因為他除了自己揮拳、叫喊外，對任何人都沒有一點侵略的意圖，所以大家對他的怪異舉止都習以為常了，有時候當時的訓育組長邱 Sir 會陪他對吼再揮個兩拳，這時的博翰就會笑得很燦爛，露出兩個酒窩來，任誰看來他都是一個又帥又斯文的大男孩，絕不會猜到他是一個智商不太高的特教生。

記得這不是他第一次回學校來看老師了，當年我不過是一個未教過他、但是看到他會主動叫他一聲博翰的老師，而他畢業後只要回校，便不忘過來跟我說上這麼一句貼心的話：「老師，我來看妳了。」記得那年邱 Sir 因為心肌梗塞走了之後，我和警衛伯伯問他：「博翰，你知道邱 Sir 去哪裡了嗎？」他是這樣不急不徐地回答：「邱 Sir，他去天堂，去天堂了！」是的，有一句話叫做：「善良的人眼中沒有壞人！」邱 Sir 肯定是個好人，而趙博翰這個可能背不出幾個英文單字，也搞不清什麼是初級會計的大男孩，在父母的關愛、師長的調教下，一樣可以帶著自己的一顆善心，在這個五花八門的社會裡找到屬於自己的一片天空！

誰偷了 iPhone？

今天中午外出吃飯，在回學校的路上碰到南敬、佩瑄老師夫婦，南敬老師說他班上的冠竹同學在第二節下課的時候發現他新買的 iPhone 不見了。同學都懷疑是自己班上的同學偷的，也有人懷疑是對面教室二誠的同學偷的，因為今天早上有人看見二誠的同學在教室門口徘徊，於是南敬老師向教官報告，教官們大費周章地調閱了走廊上的監視器，也把平時比較調皮的幾個男生叫到教官室問話，但耗費了整個早上，都沒能查出個結果來。

當下我便想到二十多年前班上發生類似的情形，而自己又是如何地運用智慧與心理戰術，成功地捉到班上的內賊。於是我讓南敬老師回到教室向班上的同學宣布英文老師的先生在中山科學研究院工作，他的辦公室裡有一台機器能夠辨識指紋，於是讓每位學生都在一張A4大小的空白紙上按下自己的指紋，讓南敬老師收齊後交給我。下午三點上英文課的時候，我在黑板上寫了一則英文自我介紹的範例，講解完之後，我又在右下角寫了一句英文句子：I don't steal other people's belonging. 順便解釋了一下英文意思，四點下課之後，我回到班上看完同學打掃教室後，四點半準時下班回家。約莫五點半到了家之後，我進了書房撥電話給還在學校的南敬老師，南敬老師很沮喪地說還沒有找到冠竹的iPhone，我正想掛電話的時候，電話那頭很清楚地傳來同學叫著：「找到了，找到了，老師，我們在冠竹座位附近的地上找到的。」

第二天早自修完，南敬老師來找我並一直向我道謝，同學都懷疑是班上的欣美拿的，因為那天她原本沒有打掃工作，但卻突然跟別的同學調換，所以同學都懷疑她是趁打掃時把iPhone偷偷丟在冠竹的座位附近的。原本教官想要趁勢追查個水落石出，後來南敬老師還是接受我的建議不再追究此事。

二十多年前學生會發生的偷竊行為，二十年後在不同的學生身上同樣上演著，而我也一樣用著不合邏輯甚至粗鄙的方法讓小偷歸還了偷竊的東西，而身為人師的我，教育理念也許因為心軟而與凡事實事求是、但求水落石出的教官們不同，也許我的方式並不能讓小偷因為接受處罰而得到教訓，但是三十年教學生涯，我始終堅信的理念是人非聖賢，孰能無過，而人總有其善念，學生之所以為學生，在於他有犯錯的可能與改過的機會，老師之所以為老師，不在於其有評斷學生是非的權力，更重要的是，他是否誘導並給予了學生改過向善的真心！

佛印的生涯規劃

有一年，才結束帶學生到墾丁為期三天的校外教學回來，泓慶便打電話過來說要到家裡來拜個早年，讓我想起我曾經買了他的壓縮橄欖油和檸檬薄餅。泓慶是我在教書生涯中最難帶的那一班畢業的，他綽號佛印，因為平常愛理光頭，同學老愛取笑他，說他與佛祖有緣，將來必有機會遁入空門。高一時，他的成績很好，常考班上第一名，升高二後突然有一天媽媽打電話來學校稱他離家出走，我詢問同學是否有人知道他的下落，同學都納悶平時看來老實單純的他怎會出走搞失蹤呢？在家人心急如焚之際報了案，沒想到兩個禮拜之後佛印自己回了家，同時也回到學校上課，對他自己的離家出走也沒多做交待。

退伍之後，佛印很熱絡地來學校找我，告訴我他在做直銷，也在興南夜市的那家聖娜堡烘焙房學做麵包，學期中也曾打過電話給我，稱他在學做美容，要到家裡幫我做臉，我告知自己沒有做臉的習慣，婉拒了他。隔年他又告訴我已經辭了麵包店的工作，我本來還替他惋惜，責怪他為何不把做麵包的手藝學起來自己開店呢？他倒是一派輕鬆地回答我說自己還年輕，想在其他領域多接觸些東西。某天他又帶著一盒我向他訂購過的檸檬薄餅當伴手禮，侃侃而談地告訴我，他父親是在深圳的台商，家裡的開銷靠父親一人就夠了，他母親也在學做直銷打發時間，姊姊還在唸研究所，自己每個月只要給媽媽三千元意思意思就好了，所以他發誓要在三十歲以前在直銷這塊領域上做出一點成績，我為了鼓勵他便告訴他藝人湯蘭花做直銷的成功事蹟。佛印與我一搭一唱地，竟也聊到了傍晚，天色暗了起來，我留他吃晚飯，他客氣又體貼地婉拒便起身告別，臨走前他很自然又技巧地遞給我一張直銷的產品目錄，讓我看上哪一項產品時再打電話給他，我心裡想著，這個佛印經過一年的磨練的確成熟了不少，比起初入社會時的生澀與憨厚，不再那麼單刀直入，話說得也多了，也更懂得親切圓融的拿捏，做起直銷來也更見聲色了。

佛印應該與我兒子同齡，有二十五足歲了，不曉得他的直銷事業做得如何，又或者他已經在另一塊領域上埋頭奮鬥呢？語云：「君子立長志，小人常立志。」立長志是一種「堅持」，而常立志是夢想的追求，如果滾石不生苔，那麼滾石也可以在不同的角落裡同樣吸收陽光、空氣和雨水的洗禮，有人樂於安逸，有人勇於接受挑戰，不管哪一種選擇，都是一趟生命之旅。佛印，你還在滾或已落腳於一處了呢？無論如何，老師都祝福你，突然有一點想念你的檸檬薄餅呢！

珍珠項鍊

我終於卸下高職教鞭，正式從學校退休了，結束三十年的教書生涯難免有些不捨，不過一切就像是順應天意一樣地，新的班級不好帶，不巧健康也亮了紅燈，所以外子說我退下來第一件要做的事就是趕快運動、減重，把一圈肥肚給消下來。因此，除了假日裡外子半強迫地陪我爬山外，平日我也開始在家打掃房間。

昨天中午吃過飯後，我把臥房內梳妝台上的首飾盒打開，因為去年要籌錢買屏東的一塊農地，外子索性趁著金價高漲的時機，把我結婚與生子時長輩及同事送的金項鍊、手鐲、戒子等都賣掉了，所以首飾盒裡最顯眼的，就只剩下結婚時公婆送我的一枚鑽戒及一條珍珠項鍊了，看到這條項鍊，我不禁暗自笑了起來。原來七、八年前我帶高一下學期班級的時候，班上一位從公立學校轉來的男孩哲文，他自稱因為與原來學校唸的科系志趣不合，所以轉來本校觀光科就讀，希望有個新的開始，哲文身高 185 公分，雖然清瘦如柴，倒也稱得上是個大帥哥，又是公立學校轉來的，所以頗有女孩子緣。

有一天，哲文突然跟我要啦啦隊的報名表，說他要參加啦啦隊，並且不讓我告訴他媽媽。但是依校規參加啦啦隊者必需經過家長同意，所以當晚我在家撥了電話向其母談及此事。第二天，我告訴哲文其母知道他要參加啦啦隊之事，他很懊惱並且隨口說出「哇，靠夭。」我知道他並無惡意，只是習慣性的一句口頭禪，因此並沒有責備他。後來他媽媽又主動跟我聯絡，我也據實地告知了哲文的反應，豈料電話那頭媽媽激動地直說：「對不起，對不起，老師真的很對不起，小孩子不懂事沒有規矩，請老師不要見怪。」更妙的是，第二天哲文的媽媽竟然親自來學校向我道歉，並且拿了這條珍珠項鍊硬是塞到我手裡，說是他們夫婦在建國玉市賣的東西，讓我一定要收下，而我因為不想在學校裡推來推去，於是便收了下來，心想我總是會有適當的時機還回這個禮的。

後來哲文還是順利進了啦啦隊，並且成為重要的台柱之一，每天早上上完四堂課後，下午就到中正紀念堂練啦啦隊，月考也總能輕而易舉地就拿到前三名，日子倒也過得挺愜意！升上高三後，因為升學之故，哲文媽媽硬是叫他退出啦啦隊，為此學校還拿出切結書，稱家長不該反悔，哲文媽媽祭出要告上教育局之後，學校才讓步。

高三下，有一天中午哲文在學校附近打手機給我，說是他眼鏡壞了，要向我借三千元配眼鏡，於是我跟他約在校門口碰面，我拿了錢給他，他立刻在學校附近的眼鏡行配了眼鏡。一直到畢業前，哲文借的錢都沒有還我，而我也因為這條珍珠項鍊，直到畢業都沒有向他要回三千元。畢業半年後，某天哲文突然打電話到學校給我，「老師，我馬子唸我們學校夜間部，她學費不夠，你能不能借她？」我已經忘了我是怎樣回絕他的，但是我是不是該重新審視一下這一條從未想要戴過的珍珠項鍊的身價？又或者當年我是不是該建議哲文這小子去念商科，才不會浪費了他這顆擅於精打細算的腦袋！

教書生涯中的最大一張王牌

雖然我在私立高職任教英文三十年後也已退休兩年了，但是這個學生卻是我目前尚在輔導的。民國九十三年夏天學期開始，班上有一位因為併科而轉來的男孩一直曠課未到校，有一天我與科主任循著住址到他的住處做家訪，按了很久的門鈴後，一位高又帥的男孩睡眼惺忪地開門，操著台語說：「兩個瘋查某，透早把我吵醒。」我們進了屋內，看到地上凌亂的衣物以及飯桌上的幾包泡麵，我告訴男孩我是他的導師，希望他第二天能來校上課後，便與科主任離開他的住處。在回程中我思索著：「這麼叛逆的小子，看老娘怎麼馴服你。」

第二天早上男孩居然到校了，但是遲到，制服又不合格，書包裡也沒啥書本，我跟他聊了一下，獲知他與同母異父的哥哥同住，哥哥在銀行上班，房子是向親戚租來的，偶而也會回外婆家住。我知道這種孩子曠課的情形一時無法改正過來，便建議他參加學校啦啦隊校隊，至少不會曠課三分之二被退學，男孩倒也聽進了我的話，參加了啦啦校隊並且成為台柱之一。過了一段時日，我又驚豔他的英文發音極漂亮，一問之下才知道男孩兩歲便與父母到新加坡長住，直到男孩五歲父親過世後才返台，當年男孩的母親在大陸經商，所以他很自由，但也乏人關心。

我是個很愛才的老師，於是指導他參加了民國九十三年十月十七日由教育部指導，中央廣播電台、地球村文教機構、慈濟大學、東吳大學、義守大學與環球技術學院等共同舉辦的全國英語高中（職）演講比賽初賽。我為他寫了一篇「Be The Master of Yourself（做自己的主人）」，當天是在東吳大學比賽的，取前二十強，男孩名列北區第十七名，其餘十九位都是普通高中的學生。決賽日為十一月二日，要背五篇演講稿，我一一為他寫妥講稿，並在星期六、日約他在學校附近的麥當勞指導他，當然也要兼顧他的「胃」了。男孩很聰明，稿子背得也快，除了一篇「How I Deal With Pressure（我如何釋壓）」未背，回學校後另一位同學發現我為該生寫的稿詞中出現「"Excitement" is another kind of pressure, if later I over joy at the result of the speech contest, you know what I will do? Yes, I will ride my motorcycle and shout on my way home. Don’t worry, I have a license.（興奮是另一種壓力，如果待會兒我因為演講比賽結果而過度興奮，您猜我會如何呢？沒錯，我會騎著摩托車狂笑一番揚長而去，別擔心，我有駕照！）」因此嘲笑他太遜了，應該寫成開著轎車揚長而去，我堅決不更改講詞，男孩也堅決不更改就不背，我大膽預測他一定抽中這一篇，老天都是這樣安排的，做人不踏實，果然賽前十分鐘他抽中這一篇，上台不到十秒鐘就下台。

民國九十四年四月十八日我又讓他參加北市公私立高職英語演講比賽，為他寫了一篇「The Most Important Person In My Life（我生命中最重要的人）」，當然是指我了，當年台北市長馬英九就坐在他旁邊，可惜馬英九致詞完沒多久就先行告退。該生演講完後，青年日報鄭德麟記者靠過來對我們師生說：「老師，我看過很多場英語演講比賽，從沒看走眼過，您的學生一定得獎，我先幫你們拍個照吧。」於是他做了簡單的訪問，並稱得獎後會再做深訪。比賽分兩個部分，第一部分取前八強，再由這八位學生看圖說故事比賽，不知是主辦單位士林高商疏忽與否，竟然把圖片影像投射在黑板上頭的牆壁幾秒，我沒注意到，但是該生稱他看到此景了，我覺得可信度頗高，便依他看到的圖片內容開始為他寫稿，可惜那天男孩真的成為遺珠之憾，未進入前八強，他很懊惱，我告訴他：「小子，這是天意，天意不可違，老天要你更強！」

民國九十五年四月二十二日，我又指導學生參加北市公私立高職英語話劇比賽，該生擔任男主角，我們讓全校公認最頭痛的班級替校方抱回了優勝獎。

六月中旬該生畢業了，在輔導他的初期，我幾乎天天打電話給他，外婆可能一度懷疑我是他女朋友吧，我也曾在他生日時送他一瓶綜合維他命，直到他交了一個學妹當女友，我還曾經請該生和女友吃筒仔米糕和豬血湯。

該生畢業約四年後，某天我在辦公室批改作業，龐克袁來找我，說：「阿阮，我有重要事情找妳。」我閉著眼睛說：「啥事？」龐說：「維銘要向妳拿他的照片。」其實我有，但是我故意說：「我沒有，畢業那麼久了怎麼還會留著呢，發生啥事？」

龐說：「他在坐牢，想考大學早一點出獄，只不過搶了人家三千塊而已耶。」我睜開眼睛罵說：「他媽的，搶一百塊也是搶劫。」於是我從教學檔案裡拿出當年記者為我們合拍的照片給龐，「拿去翻拍吧。」其實對他的入獄我早已有耳聞，本來被判七年又改判四年吧。

維銘，你看阿阮什麼比賽都承接，你也曾經對我說過：「留一條路給別人走吧。」我沒有多做解釋，卻在心裡按了一聲「Bingo！」所以老師不想學太多的電腦功能，因為我可以用這個理由推掉任何的行政職位。孩子，你的智商不比阿阮低，你會找人來向我要照片，表示你永遠記得那一篇「The Most Important Person In My Life」的演講稿，讓老師再提醒你其中的句子：「God's tests make you maturer and wiser.（老天的試鍊會讓你更成熟、更有智慧）」、「Put down the chopper, then you will be the Buddha.（放下屠刀，立地成佛）」，阿阮再教你一句：「You can say that again.（你可以再這麼說，我說了就算！）」，I am the most important person in your life. 維銘，阿阮願意是你生命中最重要的人！

農曆年前我撥了電話給你的外婆，外婆的聲音聽起來好不蒼涼！外婆說你還在獄中，她去探監時你告訴她：「婆婆，妳不用來看我。」阿阮不知道你何時可以重見光明，莎士比亞說：「無論黑夜怎樣悠長，白晝總會到來的。」阿阮說：「我的心正了，牢裡的飯一樣甜美。」還記得老師在那張記者為我們合拍的照片背面寫的話：「阮大師評語：台風穩健，講詞流暢。改進空間：增加一點親和力，不要太酷，輔大英語系很近也很遙遠。」維銘，阿阮記得你的生日是民國七十六年一月二十二日，別忘了你當年參加英語演講比賽是坐在中華民國目前歷史上最清廉的總統馬英九旁邊。維銘，你是老師教書生涯中的最大一張王牌啊！*

*二〇一四年四月期間我曾到彰化監獄探監，該生已成熟穩重多了，他已服獄近五年，我探監不久他便出獄，我們相約等他賺了錢再請我吃飯，我並且告訴他：「踏出監獄之門就永遠不再進去。」

48與17

有一點矮，有一點胖，我48歲……有一點頑皮，有一點固執，你們17歲……

沒有代溝，沒有誤解，我們親於一家人！

你不喜歡數學，我也不懂X+Y=Z

我家Michael和你們一般年紀，而你們就是當年的我！

沒有代溝，沒有誤解，我們親於一家人！

你不喜歡地理，我也總是忘記台灣的右邊叫做「太平洋」！

沒有代溝，沒有誤解，我們親於一家人！

你不喜歡教官的咆哮聲，我也不認為那是一種和諧的聲音！
你知道「藍」與「綠」的故事，而我正屬於那「紅衫軍」！
我家 Julie 喜歡破牛仔褲，而我認為那也是不賴！

有一點矮，有一點胖，我 48 歲……有一點頑皮，有一點固執，你們 17 歲……

沒有代溝，沒有誤解，我們親於一家人！
我說我的座右銘是「化『不可能』為『可能』」，
而我唯一的遺憾是……
當 Teresa 告訴我她的男朋友是 Peggy*……
我只是拍拍她的肩膀說：「我們以後再來討論這個問題。」

* Teresa 和 Peggy 是女孩名，代表女同性戀。紅衫軍是反阿扁貪汙。

阿阮的由來

十多年前的事了，一對兄弟都是我教過的觀光科畢業的學生，哥哥威里老實穩重，因此我總派任他擔任班上的衛生股長，畢業前夕他曾對我說過將來想開一家日本料理店。威里畢業後，弟弟彥里又進來唸同科系，雖然後來他從我班轉到升學班，但一直都跟我很熟稔，彥里活潑好動，有一天為我取了綽號「阿阮」，從此全校師生都叫我阿阮，讓我感到特別親切與窩心。弟弟畢業前夕，我正經地對他說：「兩兄弟都唸觀光科的，將來一起開餐廳吧。」弟弟還漫不經心地回答：「怎麼可能。」

畢業後幾年，某天弟弟來校發送名片給在校的老師，稱他和哥哥在中原街開了一家名為「We 里」的日本餐廳。我一直保留著這一張名片，也告訴自己一定要去光顧一番，直到今年五月我才搭了計程車前往，兄弟倆見到我自是驚訝萬分，哥哥威里又神祕地從店內拿出一本書來問：「阿阮，你還記得這本書嗎？」我狐疑地打開書，第一頁便寫著：「小威，阿阮期待你的日本料理店，2000年×年×日」我激動地大叫，原來那是十四年前我送給他的一本日本料理書，他一直收藏至今，也真的開了餐廳，兄弟倆的母親也出來和我寒暄並拍照留念，還稱她開的玉飾店面也要讓出來給兄弟倆擴店。

我六月中旬去了維多利亞探親，九月中旬返台後到從前任教的學校處理事情，邀了兩位老同事再度光臨威里兄弟倆開的餐廳，這一回店面擴大了些，又多了幾位夥計，哥哥威里本欲在今年結婚，但稱九月十一日才剛擴店，打算先讓生意穩下來明年再結婚。我和兩位同事點的菜不多，哥哥威里卻走過來跟我說：「阿阮，我把你們點的味噌湯改為魚湯。」我嘴裡快答說：「好！」心裡卻是萬分的感動，只為一股著著實實的師生情啊！

輯二　爸媽兒女共同成長的甘苦歲月

還沉浸在戀愛的餘溫中就結了婚，第三個月就懷孕，瞬間由人師、人妻到人母，一切有些措手不及，於是只好從奶瓶尿片中摸索成長，為兒子生病住院的驚嚇惶恐、為女兒鋼琴比賽得獎的喜極而泣、為管教兒女與外子的緊張關係與衝突……

慢熟

今早出門買報紙，看見院子裡的杜鵑花開了三、四朵，而對門魏老師家的杜鵑花倒是開得旺盛，白的、粉紅的、桃紅的、煞是好看。昨兒個夜裡雖然兒子不是很樂意地跟我聊天，但是他終於告訴我三個最不喜歡跟我聊的話題，一是逼他考研究所，二是叫他唸英文，三是阿公、阿嬤對他的期望。

兒子在基隆消防隊服替代役，今年六月即將退伍，因為堂姊留美去了，堂妹又唸醫學院，而他這個長孫一時似乎在學業上硬是給比了下去，我總是嘮叨他、期待他退伍之後能專心考個研究所，對家人有個交待，日後找工作或許也能順利些。兒子總是說我給他壓力，完全不在意他的感受，也不尊重他的興趣與志向，前些日子還說為了我他會去考個傳播研究所，因為去年在花博當導覽的經驗，讓他頗有成就感。昨晚又說他一點兒唸研究所的動力都沒有，退伍後只想找個薪水兩萬多塊的工作，每個月花兩仟元學費去學吉他，找朋友組個樂團，除了固定的工作外，有屬於自己的樂團，有表演的空間與機會，還說這是他目前對自己「未來」的憧憬——走搖滾創作，問我支不支持他？我雖沒有正面回答他，只是每次回台北我都會問他：「你今天要彈什麼給我聽呢？」而他每次也都會彈新的曲子給我聽，其實不管他彈得如何，我可是很享受這樣的「親情」！畢竟大學四年他都住在外面，當時還有個女朋友，相對地跟我的互動與溝通機會也就少了一些，畢業後與女朋友分手了，服還算輕鬆的替代役，每週兩天的休假他都會回家，除了與同學、朋友看電影、郊遊外，在家的日子反而比從前多，也比從前固定了。兒子最近還興沖沖地跟當兵的同僚學做菜，每次回家總會把他學的菜餚做給家人吃，而我這個做娘的似乎比他還高興，比他還有成就感呢！

幾年前全台、全美、甚至全球都在為之瘋狂的NBA哈佛小子林書豪（林來瘋），不也是在父母的支持下走出自己的路嗎？婆婆前天不也告訴我「阿公說，只要肯努力，行行出狀元」嗎？我也覺得自己做了一輩子喜歡的工作，也該讓他選擇自己愛做的事，走自己的路！

院子裡的杜鵑花也許是我們照顧不周，比不上對門魏老師院子裡盛開的杜鵑花，但是前年魏老師唸台大醫學院又開業的耳鼻喉科醫生獨子，卻因為無法承受妻子與其離婚的事實而喝農藥自殺身亡了。想想兒子也許就和院子裡的杜鵑花一樣地慢熟，但是媽媽希望你自在地開、自在地美，家人也一定會耐心地等待、迎接你如院子裡杜鵑花般盛開的那天！

你是內桑

昨天早上九點多，阿玉大姊打電話來問我是否有空陪她帶阿母去雙和醫院做健康檢查，我很快地答應她。下午兩點整我依約準時回娘家，看見阿玉大姊已經把阿母打點好抱到輪椅上了，但是眼見要出門了，天空卻暗了下來，也飄起小雨。看著門口大哥的車子仍停放著，我順口說：「要叫哥載我們去嗎？」阿玉大姊沒回答，我也不想再多問下去，想來大姊也是因為知道我正式退休在家了，也不想麻煩兄嫂他們才讓我陪著她去。

「看著辦吧，有時候我也是自己走路推媽去的，待會兒要是下雨，我們就搭計程車呀。」大姊說了。

於是我們推著阿母走了約一百公尺的路後攔了計程車，大姊俐落地將阿母抱入計程車內，司機幫我們把輪椅收起放入後車廂。只有兩站公車的路程，很快到了雙和醫院，我們推著阿母到健檢的地方，原來大姊要帶阿母讓醫生斷定是否可以開精神科醫生建議阿母服用的藥。

護士向外探頭說：「你們三點再進來。」而走廊牆上的鐘是兩點整，大姊很疑惑的說：「不會吧，醫院的鐘壞了嗎？我們出門的時候不是已經兩點半了嗎？」

「不，我們出來的時候才一點半啦！」原來大姊太緊張了，把時間看錯了，不過也難為她了，自從三年多前父親過世後，阿母的兩腿也癱了，失智的情形也愈來愈嚴重，都是大姊一個人二十四小時全天候的照顧阿母的生活起居……

「阿玲，還要等那麼久，我們帶媽去蹲馬桶，我怕她大便出來。」大姊說。

「不會啦，哪有那麼巧。」我，一個毫無照顧老人經驗的人說。

「會啦，剛才在家媽沒有大出來耶！」阿琴大姊很緊張地說。於是我們把媽推到身心障礙的女廁，裡面卻有一個老阿公在上大號，三、四個家人在外面等他，有個婦人走進廁所，「快啦，阿爸，外面有人在等耶。」婦人又走出來，「不好意思啦，他年紀大了，一緊張就大不出來……」

我們又等了五分鐘，看著沒有動靜，只好再找了另一間身心障礙廁所，一進去，大姊趕緊脫了阿母的紙尿褲，果然被大姊料中，阿母等不及大下去了，只見大姊不慌不忙地幫阿母擦拭，這時我不由得不對阿玉大姊心生敬畏與感動，也因自己的疏忽感到有些愧對阿母。

大姊把阿母重新打點好後回到原來的診間門口，等了五分鐘後，門內的醫生喊了阿母的名字，並讓我們陪阿母一起進去看診，起初醫生問了阿母幾個問題，例如我們是誰？阿母回答醫生我們是她的「內桑」，又問阿母她幾歲了等問題，然後醫生告訴我們阿母的精神異常情形很嚴重，

「可是她的數字觀念很好呢！」我說完便對著阿母說：「阿母，9加5是多少？」我極力地說服醫生，

「9加5是14。」阿母回答。

醫生點了點頭又說：「減法可能就沒有那麼靈光了。」

「阿母，9減2是多少？」我又著急地問，

「9減2是11。」阿母回答。

「喔。」我有些沮喪地說。

醫生又拿了一份問卷讓我和大姊在外面填寫，他則把阿母單獨留在診間再做一些例行的測試。十分鐘後，醫生讓我們再進入診間，並告訴我們阿母測試的結果是9分，其實我們也不懂這9分所代表的含意是什麼？而因為阿母兩年前是由大哥、大嫂帶她去馬偕醫院看精神科的，今天醫生只是要確定阿母在馬偕看診時她的精神狀態如何？又這兩年期間阿母是否有服用某種禁藥，如果阿母尚未服用這種藥，而阿母的精神狀態又符合健保局的用藥資格，則醫生可以幫阿母開立證明並按時領取這種藥，而如果阿母的精神狀態退步得很快，健保局是不提供這種藥的。

我們聽明白醫生的意思，步出了醫院的大門，心裡並不會感到太沉重，因為一直以來，我們都認為阿母只是忘了我們的名字，但是她記得自己的日本名字和她小哥的日本名字，也常說她要回石牌老家，石牌正是她從小生長的地方，阿母每天會寫一些小妹買給她抄的心經，她也會唱日本兒歌，也能準確地算出十位數的加法，雖然阿母叫不出家人的名字，在她心裡幾乎每個人都是她的內桑，但是阿母每餐都很期待地要吃阿玉大姊為她精心烹煮出來的菜肉稀飯，餐後也都很乖地讓阿玉大姊幫她刷牙，每天按時讓大姊替她洗澡，按時大小便，生活起居比我們正常人規律多了，一直以來婆婆總很羨慕阿母老來還有我們這些兒女照顧著她，誰又在乎自己是阿母的女兒、兒子還是內桑呢！

幸福原來很簡單

兒子上班整整一個星期了，每天都是十點過後才到家，回來洗完澡後又是一頭栽進房間，我和外子一直很想知道他工作的情形是否勝任愉快？所以外子特別交代今天趁著放假日約他一起去爬山，好一路上可以跟他閒聊以探知一二，誰知道這小子好像跟我們做對，偏偏今天凌晨三點才返家。我與外子一早六點醒來，我先去7-11買了四份報紙和早餐，心想等兒子睡醒了再一起去，沒想到這小子十點醒來後，卻硬是說和同學約好去游泳，我和外子只好整裝後十點半才出發。

其實自從六月底我正式退休後，外子接連好幾個禮拜都陪我爬山，不知是否因為更年期到來，我的身軀日益腫脹，而去年又在深坑的風水山上摔了一跤，左膝蓋受傷至今未復原，過完年後三月間還聽從醫生的建議打了三劑的玻尿酸，但是卻不見有太大的改善。而外子一直堅持我每個禮拜至少要爬一次山，好在路程不遠，就是從住家小學旁的小山一直爬到圓通寺，這座山打從我們兩個小孩小的時候，外子幾乎每個禮拜天都會帶我們全家一起上山，兩個小孩各自背著水壺、背包，兒子還會拿著捕蟲網，一路上爸爸會教他們認識咸豐草、扶桑花、杜鵑花和松鼠、變色龍等動植物。爬到半山腰的國旗嶺上，爸爸會和他們扯開嗓門大叫自己的名字，比賽誰的聲音最大。到了圓通寺後，只見各式攤販雲集，賣麵線、臭豆腐的攤子有時還得排隊等候，也有套圈圈、射氣球的，不管有沒有套中任何小玩意兒，每次兒子總要套它個五十元才肯罷休，而女兒則一定要來一串煎鳥蛋才覺得開心。

當年也偶會碰到電視劇組以圓通寺的大雄寶殿為背景拍戲，而那一頭巨大的石象永遠是遊客照相的最佳取景。十多年來，隨著孩子的長大、求學在外，過去圓通寺上的榮景已不再，而現在只有星期假日裡才會出現賣豬血糕、賣冰淇淋和汽水以及賣煎鳥蛋三處攤販了。我曾問那賣冰淇淋的阿伯為何不集合其他的攤販一起上圓通寺做生意，再創當年的盛況？阿伯稱有些人已不在了，像是賣關東煮的老闆已經過世了，又說圓通寺屬於私人財產，且寺裡的尼姑們需要的是安靜的修行，她們不缺錢，更不愛熱鬧，我乍聽之下，倒覺得遊客該感謝這僅存的三個攤販，所以每次上山一定把三個攤販所賣的吃食一次買全，特別是當自己拿著冰淇淋坐在大石象的長鼻子上時，那個幸福感更是不可言喻了。

雖然兒子、女兒現在和我們爬山的機會較少了，但是我們夫婦兩人也總能在山上找到屬於我們的精彩。外子永遠是帶著兩份蘋果日報和兩份自由時報上山，每次一到大雄寶殿旁的涼亭，他就悠閒地開始看報、剪報，從閱讀到剪報、整理這一連串的動作至少要花他兩、三個鐘頭，而我有時會拿著一本書在一旁閱讀，有時也翻翻報紙，有時甚至就坐在大雄寶殿的欄杆上放空自己，就像今天，當我坐在大雄寶殿對面亭子的台階時，來了一對開車上山的夫婦，他們也在石階上坐了下來，我聽著先生對太太說：「對嘛，妳瞧這裡多安靜，難得跟佛祖這麼親近……」為了讓他們更自在，我又走回外子待的那座涼亭，外子說：「妳可以躺在石椅上睡覺呀！」「爸爸，這是什麼樹呀，好像挺眼熟。」我問，「媽媽，那就是我們家院子裡的杜鵑呀。」「是嗎？你確定？」我又問，為什麼花開的時候我們很清楚地知道杜鵑花的樣子，而不開花的時候，我們就認不出它的枝葉呢？外子一邊收著他的剪報一邊說：「媽媽，退休了，好好再重新認識、思考妳周遭的事物，妳應該會有更多、更新奇的發現。」要下山了，也許下山才是我們真正精彩的開始，忙完了孩子，忙完了前半輩子，退休的生活才是讓我們更有智慧、更豁達地來選擇我們的最愛。我們照例上了廁所後，就一派輕鬆地朝著一線天往上爬，這一線天可是考驗著你的體力與身材的一個關口，它是一個只容得下一個人，而且要一股作氣地爬出口才能見光的山洞階梯，每次爬出去後都會氣喘如牛，也正考驗著自己是否還有這份體力？

今天的風很大，但是吹得令人感到舒服，因為它沒有焚風的熱，也就沒有流汗的困擾，雖然我左腳踝有些疼痛，但是外子仍然堅持要依照慣例打個羽毛球。今天可能天色較陰暗，羽球場上沒有人，涼亭上的鐘指著四點十分，「爸爸，我腳踝不太舒服，我們打到四點半就好了，不要太勉強，免得腳又受傷就不能爬山了。」我說，「先打再說吧，難得沒有人又沒有風耶。」外子說。我和外子廝殺了二十分鐘後決定不再勉強，但是我們不趕時間一路往下走，每到一個亭子我們就停下來看遠處的風景，從小我就是一個沒有方向感的人，每次外子指著前方說這裡是觀音山，那裡是大屯山、七星山，我都漫不經心地從沒有認真記過。今天的天氣很清朗，外子告訴我前頭最高的是新光三越，它的後面是圓山飯店，再向右看最高的就是台北的地標101了，今天我很認真地聽，很認真地看，也覺察到天空的白雲並沒有靜止不動，相反地，它們其實是一直在移動的。

入夏以來，我整理了結婚二十多年來衣櫃裡的衣服，清掉了一大半多年未穿到的衣服，終於下定決心把它們都送走、捐掉了，同時也結束了三十年的教學生涯，看似放空了一切，卻欣喜兒子從軍中退伍也找到工作出社會了，女兒明年也即將大學畢業了。日月照常運轉，人在大捨之後真的可以更明白自己的角色與定位，也可以更確切地知道該如何繼續自己的人生，更重要的是明白了原來幸福可以捨掉繁瑣，幸福可以很簡單！

花蓮的地要給女兒啦

「爸爸，耀生上個月提的那塊地現在可以買了，上次屏東淹大水，好像長治鄉沒有淹到嘛。」我說，「秀玲，這下妳不用再找工作了吧，老天還是很照顧妳的，畢竟妳教書三十年來也幫助了不少學生，前年欠妳兩萬塊學費的那個學生不也還沒還錢嗎？就當妳是做善事吧！」外子說。

「是啊！也只能這樣想了，就當是好心有好報吧，爸爸，我們是不是該給彩券行老闆一個紅包呢？」我說。

「嗯，我們送個好彩頭，再送個兩萬塊紅包吧！」

「爸爸，這下我可以和永華一樣好好地安排自己的退休生活了，十月中旬也可以按照原計畫到加拿大參加可翰的婚禮了，我二姊前天還打越洋電話來問呢！我也該和我嫂子替可翰挑個像樣的結婚禮物了。這一次去加拿大一定要把小威勸回來，大哥、大嫂年紀也大了，我娘家就小威這麼一個男丁，倒不是傳宗接代的問題，總覺得讓他一個人在那兒實在也搞不出啥名堂，銀行待的好好地跑去監獄管犯人，就算薪水再多難道都不怕他有危險嗎？真不知道大哥、大嫂在想什麼！」

「妳娘家的事輪不到妳來管，現在我們有錢了要好好地規劃這一筆錢，我覺得買農地是最好的投資，屏東就買耀生介紹的那塊地，直接用兒子的名字買省了遺產稅的麻煩。還有慈妹雖然要回台北考研究所，但是花蓮的地也是可以投資啊，畢竟好山好水，而且靠近東華大學，應該是有遠景的，值得投資，上一回去花蓮碰到的那位地主不也說她的公公也是二十年前從中和南勢角搬到花蓮發展的，現在已經是那裡的大地主了，還有那一對在台北銀行當襄理的夫婦，不也正在蓋宿舍要租給東華大學的學生嗎？等八月底天氣涼一點，我們找媽一起去看地，如果這一回有看中的地，就用慈妹的名字買下來吧，這樣比較公平，兒子一塊，女兒也要有一塊，免得妳說我重男輕女。」

「不要買花蓮的地啦，地震那麼頻繁，兩億耶，先在台北買個房子給兒子啦，說不定他很快就要結婚了，兩億耶……」

「哎呀，糟了！秀玲，妳怎麼沒叫我，我不是告訴妳我今天要搭第一班高鐵到高雄出差嗎，什麼兩億、三億的……」

「爸爸，我們不是中頭彩了嗎？」

「頭個屁啦！昨天又摃龜了啦，妳還真的在做夢……」

「老媽，我今天要騎腳踏車上班，我要早一點出門，告訴妳啦，威力彩昨天又摃龜了，沒關係，頭獎還在，我們下禮拜一再一起拗……」兒子說。

放慢腳步

自從七月退休下來後，外子每個星期假日都會陪我爬圓通寺，而其實這是一條再熟悉不過的路了，打我未結婚的時候，我就曾經在結婚前的一個暑假裡，為了減肥，自己每天爬這一座山，而確實也因為爬這一座山，整個暑假讓我瘦身下來，苗條不少。結婚後，兩個孩子相繼出生、長大，孩子讀國小時，外子也常帶著他們爬這一座山，只記得當時外子會沿路教他們認識花草、植物，甚至教他們捉蝴蝶和瓢蟲，而我就在一旁擔心著孩子的安危，希望他們不要跌倒，不要衝過頭。一直以來，自己好像只是一個默默守在一旁的配角，一晃眼，孩子都長大成人、出社會了，自己也退了休，外子因為擔心我體重過重，而力促我要爬山、運動減肥。我心裡暗笑，年輕的時候兩人經常為了管教孩子意見不合而吵架，而現在每個星期的爬山二人組，倒像是中年後又重新談戀愛的感覺一樣。

年輕的時候，不管是爬山或外出辦事，外子總是一馬當先、健步如飛，而我總是在後頭拚命地趕，拚命地追，有時候自己都會感到悲哀，為什麼不但管教孩子的觀念不同，就連走路的步調都差這麼多。而現在我和外子都步入中年了，雖然他依然健步如飛，但是最大的不同是現在的他都會在一個定點，也就是在路途中的涼亭等我，然後興奮地告訴我：「秀玲，站在這裡看view，前面是觀音山，右邊是七星山、大屯山。」「妳看，那裡是新光三越，它的後面是圓山飯店，走過來一點，那裡就是101了。」

我一邊喝水，一邊聽外子的解說，心裡有一種喜悅，原來自己也懂得放慢腳步，靜下心來欣賞沿途的風景，一邊更欣喜的是，這二十多年來外子真的有所改變，他不再那麼急躁如火，是他先懂得放慢腳步，一路帶領著我欣賞沿途的風景，而雖然走的是同一條路，爬的是同一座山，卻似乎每次都讓我們有不同的驚奇、不同的發現。上星期天，我們就驚喜地看見一隻松鼠在一棵柚子樹上大啃柚子，也發現地上掉了幾個被松鼠啃過的柚子，這才發現原來山裡有松鼠，原來山裡是有柚子樹的。山依舊是山，人依舊是人，這麼多年來我們總是可以在同一座山裡發現不同的驚喜，那麼我們也可以在相同的人身上體悟到從前沒有發現的好。

這個星期天在下山途中，突然看見外子在一處定點駐足許久，等到我走近，他才輕聲對我說：「噓，這裡有一隻鴨科類的鳥，可能是台灣藍鵲。」外子很喜歡賞鳥，但是平時工作繁忙，也少有這一分閒情去賞鳥，不過他倒是認識不少鳥，那天在山上涼亭裡剪報的時候，他還看到攀木蜥蜴。外子幾乎在山裡看得到的動物他都叫得出口。為了確定那天在山上看到的那隻鳥叫什麼名字，一回到家，他就興沖沖地去查野鳥圖鑑，然後很興奮地告訴我：「秀玲，是喜鵲啦，今天在山上看到的那隻鳥是喜鵲啦。」

外子就是求知慾這麼強的人，對啥都有興趣，每次上山都帶著四份報紙，一邊看，一邊剪，從不錯過他認為值得珍藏、記錄的消息與知識。每年更是花不少錢在買書上，上自地理、歷史、科學、文學，下自股票、財經、建築、花草、植物、風水等他都涉獵，實在很佩服他一個年過半百的中年人求知慾還如此旺盛，更重要的，也就是他常告訴我的凡事要正面思考！

人沒有十全十美的，雖然外子也有一些他改不掉的壞習性，但是這些年來我也的確感受到他的一些改變，例如，他懂得在某些事上放慢腳步，也懂得在某些事情上重視我的感受，希望在我驚豔地發現他的好時，自己也能在某些不成熟的地方有所成長、改變，那麼我心裡深處也就不免要吶喊著：「我見青山多嫵媚，願你見我亦如是！」

一碗稀飯

傍晚時分，女兒躺在床上喊肚子痛，說是月事來潮，所以她今晚的網頁設計課不去上了，更要我幫她到藥局買止痛藥。買回來後，我立刻讓她服下，又幫她準備了熱敷袋，並要她先躺下來休息，我一旁不忘數落她許是冰棒吃多了才會這樣。

暑假裡女兒睡得晚，有時還日夜顛倒，白天睡得猛，所以一天裡經常只吃一餐。我怕她營養不夠，想煮個豬肝湯給她喝，她答說不要，讓我煮稀飯給她吃。因為家裡這一陣子都吃糙米飯，我怕她吃不來糙米稀飯，於是趕忙到外面自助餐店買了三碗白飯，又買了三、四樣小菜，熬好稀飯後又開了女兒最愛吃的鰻魚罐頭，我盛了一小碗稀飯叩了房門給女兒送去，而這樣一個小小的動作，居然讓我有了一絲絲的成就感，許是平常讓女兒給拒絕怕了。暑假裡女兒在家，我經常在興致勃勃地做好晚餐後叫她吃飯，而她大小姐嘴挑得很，經常說不餓，或者嚐了兩、三口之後就不吃了。有一天我還很沒有自信地問她：「妹妹，妳會不會覺得老媽的廚藝退步了？」女兒居然妙答說：「妳有進步過嗎？」真是讓我啼笑皆非，養了這麼一個嘴巴不甜的閨女，將來結婚嫁了人怎麼會討長輩的歡心呢？

晚上七點多外子下班一回來就在院子裡澆花，我開門告訴他晚上吃稀飯，他很高興地答稱：「好啊，吃稀飯好啊。」結婚二十多年來，雖然我沒能燒得一手好菜，但是卻能知道家人愛吃些什麼東西，而稀飯除了兒子不吃，卻是外子、女兒和我的最愛。特別是夏天裡，天氣悶熱，能在吃晚飯時來上一碗熬好降溫的稀飯，再配上鰻魚罐頭、筍絲罐頭、青蔥煎蛋，再來一盤燙地瓜葉，吹著冷氣坐在電視機前面邊看新聞邊吃晚飯的感覺，可說是在忙碌一天回家後最棒的事了。以前還在上班時，有一段時日，我和外子早上六點多出門後，會在住家附近的一家清粥小菜店裡吃早餐，兩碗地瓜稀飯，配個三、五樣小菜，花費不到一百元，真是好吃又便宜，而在嚐到這種幸福的感覺之後再回到職場去衝鋒陷陣，真是特別來勁兒！

自從三年前我開始吃糖尿病的藥之後，雖然我還是經常煮稀飯給家人吃，但是自己卻吃得少了，因為聽說糖尿病患者不能吃稀飯，否則血糖會升高。退休之後外子再三地叮嚀我，我最迫切需要做的事就是讓自己的體重降下來，否則我的身體會退化得很快，不但很快自己的人生會變黑白，還會連累家人。每當我看到娘家的爸媽年老之後中風、癱瘓的模樣，我就害怕自己會跟他們一樣，甚至覺得自己會比他們老化得早。想想我的下半人生才剛要開始，為了讓自己有個更健康、精彩的人生，我可真要痛下決心更有毅力地去運動、去減重了！

阿母的鹹粥

傍晚時分在學校操場散步完後，我順道回了娘家，阿玉大姊正要替阿母洗澡，我便自告奮勇說要替阿玉大姊煮阿母的晚餐，阿母因為年邁，牙齒只剩下排六顆，所以餐餐都得吃鹹粥。

前些日子阿玉大姊曾大略地示範一次給我看阿母的鹹粥要如何煮，本來我想在大姊替阿母洗澡的同時，我自己來煮鹹粥，沒想到大姊還是放心不下我，所以還是在一旁指點著我如何下手。因為今天要做的是蝦仁鹹粥，所以大姊要我把蝦子剝殼後撒上一點鹽巴、胡椒粉，再用一些太白粉抹上，這樣蝦仁才會入味滑嫩，我一一照著大姊的話去做，然後鍋子放進一些水煮沸後，再把剛才處理好的蝦仁丟進去，大姊說蝦仁不能煮太久，否則肉質會變硬，於是一分鐘後我就把蝦仁撈起來。大姊又說燙好的蝦仁要用鎚子把它搗爛，我一直示意大姊趕快替阿母洗澡去，放手讓我自己做，沒想到我搗完一只蝦仁後，大姊檢視了一下居然對我說：「妹子，妳不合格喔。」天啊，大姊的龜毛總算讓我見識到了。於是她又把鎚子接過手又做了一次給我看，我只好儘量培養耐心，慢慢地跟她磨蹭。

好不容易把六只蝦仁全搗成泥之後，大姊又讓我把挑好的幾片高麗菜洗淨，再放入滾燙的水裡過水一下，一分鐘後我把高麗菜撈起，大姊又教我拿鎚子把菜梗搗爛再切碎，好不容易處理完高麗菜後，我急著把剛才處理好的蝦仁倒入鍋子煮粥，誰料到這時大姊趕忙阻止我，說要把搗爛的高麗菜和蝦泥放一點油在鍋裡炒一下，才會更爛更出味，大姊又拿出一瓣蒜頭搗碎後放入鍋裡，她說她每天在阿母的粥裡放一瓣蒜泥，讓阿母的身體更健康、更有抵抗力。

至此，我內心不由得不對大姊燃起一股尊敬，自從四年前父親過世後，阿母漸漸失智又行動不便，而未婚的大姊不管在飲食上，大、小便的處理及清潔洗澡等都全天候照顧地無微不至。也因為大姊的認真與盡心，加上大姊的年紀漸長，使得大姊的壓力愈來愈大，體力也愈來愈透支。我暑假退休之後，大姊也對我有些期待，希望我能多撥空回娘家分擔她照顧阿母的工作。而當我真正要插手的時候，才清楚地明白要照顧一個失智又行動不便的老人是一件多麼辛苦又不容易的差事，也更讓我打心底佩服又尊敬我的阿玉大姊啊！

鍋子裡的蝦仁香味透開來了，這時大姊拿出先前在快鍋裡燉好的白稀飯和紅蘿蔔塊，她把白稀飯放入鍋裡，又把燉好的紅蘿蔔塊搗成泥一起放入鍋子，我拿起鍋鏟把所有的稀飯、蝦仁泥、高麗菜及紅蘿蔔泥和開，這時大姊又拿了兩小段蔥，說是她自己種的，大姊把蔥剁碎，加入鍋裡的鹹粥，並說這蔥是要提味的。若不是我親眼看到，誰會想到這一碗色、香味俱全的鹹粥是大姊花了多少功夫，更重要的是大姊多大的愛心、耐心以及孝心所熬出來的。我半開玩笑但又認真地對阿玉大姊說阿母的這一碗鹹粥拿到外面賣，可是賣得起一百五十元的身價，只見阿玉大姊靦腆地笑著說：「真的嗎？」

雖然阿母行動不便，失智的情形也愈來愈嚴重，但是有侍母至孝的阿玉大姊照顧著她的飲食起居，阿母也算是一個很有福分的人，相信她也能健康地活到長命百歲！

大姊的養生珍珠粉

今天大姊請我回娘家替她照顧阿母，因為她要到城中市場買珍珠粉，大姊吃珍珠粉的習慣已有十年的光景了，記得五、六年前大姊曾經送我一小瓶珍珠粉，說是可以吃也可以拿來敷臉。我吃了一次，心裡覺得怪怪的，不敢再吃第二次，索性就拿來洗臉，洗了一、兩次覺得挺麻煩的，就一直把那瓶珍珠粉閒置在浴室裡的置物架上，有一年大掃除，心想都沒在用的東西就順手把它給扔了！

多年來回娘家時，與大姊閒談之中也從未提起過珍珠粉一事，這一次是大姊提起，我才驚訝原來多年來大姊一直沒有中斷過吃珍珠粉的習慣。大姊一向很養生，在吃的方面也總是小心翼翼地，經常提醒我這個不能吃，那個不能吃，我便關心地問她在市場買的東西可靠嗎？她回答我說小弟媳曾幫她把珍珠粉拿去化驗過，檢驗的結果裡面的成份是沒有問題的，於是大姊愈吃愈有信心。

前陣子大姊看牙醫，醫生告訴她有牙周病，而且多顆牙齒須植牙，大姊便說她多年來因為照顧阿母沒空看醫生，所以牙齒延誤了治療時機，她說好在十多年來她都有持續吃珍珠粉，因為珍珠粉裡含有豐富的鈣成分，否則她的牙齒會更糟糕，我聽了之後笑笑不置可否，因為我不確定珍珠粉是否真的有此功效，反正弟媳替大姊證實過成份沒有問題，只要對身體沒有毒害，不管大姊是為了美容或為了健康，雖然所費不貲，基本上我是不反對她服用的。

大姊未婚，一直在家裡幫忙家務，從年輕做到現在，尤其三年前阿母身體癱瘓又失智，大姊對阿母更是二十四小時全天候地照顧，除了星期假日小妹放假在家時，大姊可以鬆手出去買買菜之外，還真的都無法抽身。

大姊生性聰明、善良又單純，但是個性較內向，年輕時只有短暫到電子工廠當過作業員，後來就一直在家幫忙母親，大姊年輕時學過三個月裁縫後，就經常幫自己和阿母做衣服，阿母失智癱瘓後，為了全心照顧阿母，大姊便不再做衣服了。近年來我卻發現大姊愈來愈愛美了，除了固定吃珍珠粉外，她也會到城中市場或是住家附近的早市去買衣服，當然節儉成性的大姊買的大都是一百元一套的成衣，但是她穿得很開心，也覺得自己買的衣服既便宜又好看，每次大姊看到我穿的衣服都說既浪費又難看，而我也只好笑一笑、點點頭任她批評了。

大姊對數字很有概念，十多年來在家靠著電腦幫二姐和自己操作股票，每每也都能小資小資地賺到一些股息，好像也很少賠損過，也許冥冥之中老天眷顧著她，看到了大姊的善良與孝行，因此給了她福報，讓她在平凡簡單的生活中有了一些些的快樂與滿足！

街頭藝人

兒子當兵前迷上彈奏吉他，常利用休假回來時看著網路自學，在服消防役值夜班時有吉他為伍，自彈自唱倒也自得其樂。退伍後正式拜師學彈吉他，有一天還信誓旦旦地跟我說他要去考街頭藝人，我居然不經大腦地直接回了一句：「高級乞丐耶。」說完後驚覺自己說錯話，又馬上改口說：「也好呀，有個目標你才不會漫無目的地學習。」想到去年有幾次和外子到高雄出差兼度假，走在高雄捷運站裡，感覺比起走在台北捷運站裡少了一分擁擠，卻多了一分人文藝術的素養，因為高雄捷運站裡不時有著技藝高超的街頭藝人在彈奏樂器，不管是你熟悉的流行音樂或古典音樂，都會讓人有停下腳步聆聽的衝動，這是擁擠忙碌的台北捷運站所無法感受到的景象。

回想兒子學音樂的過程，為了考音樂班，五歲起開始學鋼琴和小提琴，小提琴老師家就在住家附近，每天兒子都是早上讀幼稚園，下午由阿嬤帶去學小提琴，老師家同時也經營樂器行，兒子每星期兩天到老師家學小提琴，一天由小提琴老師的母親教授鋼琴，另外兩天到老師家由老師的父親督促兒子練鋼琴。兒子每天密集地訓練，一年後順利考取了一所有名的私校音樂班，主修小提琴，副修鋼琴。

記得小提琴老師的父親也就是兒子口中的張伯伯，當年為了鼓勵我們讓兒子學琴，還跟我們說學琴除了將來有一技之長，也可讓小孩往後有不錯的收入，就像他兒子一個月光教琴就有十來萬的收入，還說學琴可以訓練小孩懂禮貌有紀律，除此之外，還可以在親友聚餐時表演，也是一種很好的社交才藝，當年我聽到這話時只覺得怪怪地，學琴只是為了表演給親友看嗎？不是要走音樂的路、當個音樂家什麼的嗎？想來好笑，只怪自己當時太異想天開，想法太狹隘！

音樂班的孩子每年都要舉辦實習音樂會，也就是每個人都要在指導老師的指導下選一首曲子，在學校規定的日子裡公開發表，這對音樂班的孩子而言可是學年中的大事，雖然是觀摩性質，但是私底下家長、老師都在較勁。而兒子這一屆的家長、孩子素質都很高，很多家長本身都學過音樂，有兩、三位的孩子實習音樂會時都是媽媽親自伴奏，而誰的父親年輕時又是什麼弦樂團的小提琴手等，可說是家長當中也人才輩出。而我和外子只不過是他喜歡小提琴、我喜歡鋼琴，碰巧兩人都是小時候環境不許可而無法學琴，嚴格說來是為了彌補自己小時候的缺憾而讓兒子學琴的，不過兒子也很聽話，除了按時到老師家學琴，每天外子也很嚴格地督導他練琴，所以兒子第一次實習音樂會時，即便我和外子是門外漢，在全班約三十來名學生中，我們也還聽得出來兒子的琴藝大概排名第三、四。

但是一年之後，每個學生在認真的老師和狂熱的家長監督之下，琴藝又精進不少，所以第二年的實習音樂會中，兒子的琴藝又落後了兩、三名，而且很多學生的家長都會隨著孩子才藝的精進或退步隨時更換老師，目的就是想吸取不同派別老師的琴藝與教法。而外子覺得更換老師對兒子不見得有幫助，反而覺得跟著同一個老師學習才不會讓兒子無所適從，而且外子向來對兒子的小提琴老師一絲不茍的性格很是欣賞與推崇，希望毛躁的兒子能在學琴之外習得一二。

所以即便兒子在升小四時，在多方考量之下我們替他轉了學，回到住家附近的小學讀普通班，我們還是繼續讓兒子跟著張老師學琴，而且兒子打從小學一年級起就在老師的牽引下進了天母的沛思兒童弦樂團習藝，每個禮拜六都要到天母教室練團，由英國籍的馬克老師指導。民國八十六年過農曆年前，樂團還去了美國佛羅里達大學和該校的學生社團合奏，也在狄斯奈樂園廣場表演，並到一個知名的鋼琴家家裡演奏且接受指導。在國內，弦樂團也曾在國家音樂廳表演給當年的總統夫人曾文惠女士及行政院長蕭萬長先生觀賞過，也曾參加過無數大大小小的表演晚會，直到小學畢業弦樂團解散之前，兒子的音樂生涯也可算得上是多彩多姿。

一直以來我總覺得兒子雖然生活紀律有些渙散，但是脾氣一直很好，小時候學琴經常被外子打罵，有一次我問他：「爸爸這樣打你，你會不會恨他？」他回答：「不會啦，以後搞不好我找不到工作，就可以靠拉小提琴在街上表演賺錢啊。」兒子一定在街上看過這種景象，只是當年還小，不知道他們叫做「街頭藝人」。現在兒子長大了，小提琴也很久沒拉了，反倒迷戀上彈奏吉他，也許因為小時候有在弦樂團待過的經驗，高中也因為玩爵士鼓參加了熱音社，兒子喜歡和大家一起合奏表演的感覺，他一直有個願望想組個樂團，團員們平時有自己穩定的一份工作，業餘有表演的舞台與機會，還想練習作詞作曲。

記得兒子國中時正是周杰倫竄起走紅的時候，所以兒子當時很崇拜他，有一天居然跟我說：「媽媽，以後我要跟周杰倫一樣作詞作曲，你就躺在家裡幫我數鈔票好了。」當年我笑彎了腰，但是也不免對他有了一丁點的期盼。很多同事、學生或親友都聽過這個笑話，我愛說，喜歡搏君一笑，一點也不為意。人生很多事都是說不準的，就像我小時候的願望是當老師、當作家，如今我已經在校園裡粉墨登場了三十年，終於也放下粉筆開始練習爬格子了。

說到音樂就是音樂，藉著音符取樂自己、取樂別人，甚而抒發情感引起共鳴，音樂不一定要是貝多芬，不一定要是「龍的傳人」，它可以是詞，可以是曲，可以是節奏也可以是美聲。有人擅長作詞，有人擅長作曲，有人擅長彈奏，更有人擅長吟唱，不管你擅長的是那一部分的形式，都是在成就「音樂」這一樁美事。如果你既會作詞又會編曲，也能彈奏更可以吟唱，那麼你絕對是天之驕子了。而如果你擅長的只是其中的一部分，也不必氣餒，因為至少你還是音樂這一樁美事的參與者，又如果你既不會作詞、作曲，也不會彈奏或吟唱，那麼你就可以安安穩穩地做個音樂的欣賞家與共鳴者了！

我經常會注意電視上當一個歌手在唱歌時畫面上出現的作詞、作曲者，有一個經常出現的作詞者鄔裕康，我記得他是一個長得黑黑胖胖的童星，他已經長大成人，但是多年來也不見他在任何電視劇裡出現，反倒是經常看到很多首歌出自他作的詞。所以一個人的才華是無可限量的，不一定你小時候做了那些事，長大後就一定要做同樣的事，也不一定你大學唸了什麼科系，將來就只能從事那方面的工作。兒子大學唸了四年的經濟，卻發現商科不是他喜愛的領域，最愛的還是他小時候就開始接觸的音樂，也許音樂的種子早已在他心田發芽，它一直存在著，就等著主人再多花心血去施肥、灌溉。

兒子啊，爸爸、媽媽沒有豐富的財力與人事資源去協助你開發事業，但是小時候爸爸媽媽帶你跋山涉水的經驗，甚至爸媽那一段不算短的磨合期的爭吵所帶給你的痛苦與困惑都能成為你化為音樂的靈感。真的，音樂不必是貝多芬，不必是大江大海，兒子，媽媽樂於見你在工作之餘讓音樂成為你一生永久不變的戀人，盡情地將你的悲喜透過音樂而抒發。如果有一天你真的成為了街頭藝人，媽媽一定在一旁驕傲地拿著相機，幫你記錄那些因為你的音樂而感動駐足聆聽的路人！

成就是玩出來的

星期天回娘家時，移民加拿大的二姊來電告知姪子可翰十月初要結婚了，因為新娘子是從大陸移民加拿大的華人，所以想來台灣度蜜月。二姊因為要探視在山東工作的姊夫，所以無法與他們同來，便交代我們替她兒子與媳婦安排住處，順便建議他們有哪些地方好玩。我便提議大夥到餐廳開個兩桌慶祝他們的婚禮，又因為兒子退伍之後拜師學吉他，雖然只有短短三個月，我硬是在弟弟、弟媳前誇下海口：「表演節目就包在我兒子身上了。」既然開了支票，回家後我便趕緊告訴兒子這件事：「阿澈，可翰要結婚了，十一月中旬要回台度蜜月，大夥要在餐廳幫他慶祝，你就捨我其誰彈兩首曲子吧！」兒子不置可否靦腆地笑了笑，我便趁勢勸進：「阿澈，你要把握機會好好練兩首曲子，你不是想要組樂團嗎？雖然吉他才學三個月，但是你小學在弦樂團表演過，高中也在熱音社參加過成果發表，所以好好練兩首曲子在親友面前表演，對你而言應該不成問題的啦！」

回想自己在稻商教書十多年間，曾經帶領學生參加無數次的台北市高職英語歌唱比賽，曾經拿過第一名、最佳表演獎與最佳創意獎，也曾根據事實編劇並指導學生參加台北市高職英文話劇比賽獲得優勝獎，更曾指導學生參加全國高職英文演講比賽，得到初賽前二十強。這些年來，我之所以有這些許精彩的成就，憑靠的只是自己一顆熱情如火的心，每當我接下一次任務，雖然有壓力，但是我從不推卸責任與抱怨，反而把它當作是在「玩」一樣，而且是認真地玩。記得第一次指導英文歌唱比賽時，因為沒有經驗，便自掏腰包買了伴唱帶，更索性自己剪接錄音帶，自己找音樂，設計橋段，沒想到第一次出馬就得了第一名。而接下來的幾次比賽也都是自己親自帶領著學生做道具，所以每一次比賽不管得名與否，只要看到學生們在台上呈現出來的表演，就像是自己十月懷胎生出孩子一樣，有著莫大的成就感，而這種感覺可以分享，卻是別人無法體會的！

兒子雖然大學唸的是經濟，但是因為自覺對商沒有興趣，索性研究所也暫不打算考了，有幸在親友的引薦下進了愛爾達電視台，在頻道經營部負責體育台的廣告工作。雖然兒子因為不是本科系，又自認學歷不夠高，所以有些戰戰兢兢，我便鼓勵他要自動自發，放膽去學習，也許一開始經驗不足，但是兒子向來對運動有興趣，而能夠結合興趣的工作是迷人的、有挑戰性的，相信也是較能持久且較容易獲得成就感的。

有了一份穩定又可以朝九晚五的工作之餘，兒子最想玩的就是音樂了。學了將近十年的小提琴，兩年的爵士鼓，退伍之後又拜師學吉他，發覺自己最愛的是音樂，也想學習詞曲創作，還有些怪我當初為何要把他轉出音樂班。但是在此我要告訴兒子，人生沒有那麼多「早知道」，也無須後悔，因為凡走過必留痕跡，你曾經經歷過的挫折，也絕對會是你日後在事業上或感情上寶貴的經驗與助力。

人只要懷抱著熱情與勇氣一直向前，做什麼事都會有收穫，你不一定是天才，但也絕不會是塵埃，喜歡音樂，就放膽去玩，不要顧忌太多，就像媽媽一樣，從小的志願就是當老師與作家，我已經如願當了三十年的老師，雖然沒有在教育界發光發熱，但是這些年與學生之間也有許多難以忘懷的經歷。退休之後，放下粉筆，每天一有靈感便坐在電腦桌前一個字、一個字地敲，沒多少時日，竟也敲出了不少文章，不管將來是否能如願出書，但是生活因此有了目標，有了思考與反省。

兒子啊，有夢最美，放膽去做，讓我們娘兒倆攜手一起朝著各自的目標勇敢玩下去！

父與子

牆上的掛鐘指著十點，外子由車庫穿越廚房進了客廳。

「吃了沒？」我問。

「吃了，吃了，在高鐵上吃了便當。」

「有沒有遲到啊，今天早上？」我又問。

「沒有，沒有，有兒子載我呀。」外子嘴角一揚，有點得意地說著。

是啊，這大半年來外子幾乎每個禮拜都要到高雄、屏東出差，每次都得趕搭第一班高鐵，所以六點不到就要走七、八分鐘的腳程到捷運站搭車趕高鐵。六月初兒子退伍後，就理所當然地負起騎摩托車送老爸到捷運站的責任，雖然不過兩分鐘的車程，但是要習慣半夜一、兩點睡覺的兒子一早爬起來也真有點為難他了。不過兒子一定是老爸一喊就醒來了，因為我未曾被吵醒過。是啊，兒子已經長大成人，出社會賺錢了，雖然新鮮人的薪水微薄，家中的經濟支柱也還是老爸在扛著，但是也該讓他學習負起扛家的一點責任，所以接送老爸搭車也算是個開始吧！

回想兒子從四、五歲起就和女兒在內湖學畫、學捏陶，在台北學小提琴，而外子在龍潭上班，一星期有好幾天在下班時間裡要龍潭、台北兩地趕著接送孩子上課學才藝，而孩子的晚餐都是外子買了他們愛吃的漢堡在車上解決。在孩子學才藝的歲月裡，我們幾乎都是全家行動的。小學一年級起兒子參加了沛思兒童弦樂團，兒子唸的是私校的音樂班，每學期除了昂貴的學費、學琴費，每個月還得支出樂團六千元的團練費，外子為了讓兒子學琴，可說是花錢不手軟，而且不斷地強調不指望他走音樂的路或當什麼音樂家，只是希望他藉由學琴學到做事認真對自己負責的態度。

最近我整理書櫃時發現兒子小時候的日記，其中有一篇上面寫著：「爸爸說我是騙人精，沒有好好練琴，要我反省。」而在每次實習音樂會的前一天，我都希望兒子能早一點睡覺，第二天才有充足的精神上台表演，然而外子總是要兒子一而再，再而三地練琴，非得練到半夜一點左右，直到他滿意為止，才肯讓他上床睡覺。而兒子坐在外子車上的大部分時間也總是在挨罵，有一次外子因為生氣兒子沒好好練琴，竟然在開車途中突然伸手一拳打中兒子的左眼，結果兒子的眼睛瘀青了兩個多禮拜。更有一次我忘了兒子因何事而惹外子生氣，外子竟然在兒子的背上捶了好幾拳，我眼看著兒子扁著嘴兩眼怒視，兩手拳頭緊握地站在一旁發抖。而這種父子之間的衝突之後，接下來的進行曲通常就是我們夫妻間的爭吵了，外子總說我扯他後腿，而我也清楚這種夫妻之間為了孩子學才藝的衝突與爭吵不是只有在我們家才會上演。不是很多成名的音樂家總在成名之後感謝他們的父母當年對自己嚴厲的要求嗎？

我知道兒子在學琴的路上不是那麼地快樂與自發，但是還好他對痛苦的記憶很短暫，他對外子有懼怕，但是沒有仇恨，他就跟樂團裡大多數的孩子一樣，在團練之餘迷戀著打電動玩具與看漫畫，他們不在乎在國家音樂廳裡表演時，觀眾席上是總統夫人或行政院長，但是他們會很激動認真地討論在台上是誰沒有拉好，是誰放了砲？也許所有的家長忙碌了半天，讓孩子學到的，就是在那個當下他們所該在乎的一種態度與精神，我相信這就是外子口中所謂認真負責的態度吧！

兒子一直到高中參加了學校熱音社才中斷了小提琴的學習，而外子除了兒子在學琴的路上對他的付出與要求外，在體能上對他的訓練也不在話下。小學二年級起，外子就利用暑假安排兒子在他同事擔任體育老師的游泳班學游泳，每天利用中午吃飯時間台北、龍潭兩地趕，連續兩個暑假就讓兒子把自由式、蛙式都學會了，體格因此健壯了不少。小學時外子也偶會安排孩子觀賞九歌劇團的表演，也曾在國中時期安排兒子去上黑幼龍的卡內基領袖營訓練課程，即使只是學會了上台自我介紹，外子也是在所不惜地栽培他，我彷彿看見外子的臉上清楚地寫著：「孩子，我要你將來比我強！」

在兒子讀小學的一段日子裡，外子曾經每天押著我們全家到住家附近的小學操場上慢跑，有一回兒子跌倒摔破了膝蓋，外子不理會我在一旁心疼，卻對著兒子大叫：「不許哭，站起來繼續跑！」在兒子小六，女兒小三時，外子更帶著一張地圖，領著全家騎單車環島旅行一星期，從台北騎到台南，有多少人在這種年紀就有如此瘋狂的行徑與經驗？又有多少父親有這樣的氣魄與能耐呢？也因為這樣的經驗，兒子後來又有了在小學就完成爬玉山和大霸尖山的壯舉！

在兒子考國中基測的那個早上，外子提前帶他到考場，兩人就蹲坐在校園花圃裡的一角，外子翻著數學課本一個章節、一個章節地替他講解重點，就這樣兒子的數學考了滿分。也許正因為這樣，兒子對自己的數學有了一定的自信與期許，即便後來兒子在大學選系時選擇了文組的商科，數學成績也都還能考上八十來分。而很明顯地，他們父子之間的衝突似乎從兒子念高中起就漸漸減少了，兒子因為進高中就學打爵士鼓，因此高三時自做主張地決定選擇最不花時間的第一類組，也就是人稱的文科和商科，外子竟然淡淡地不表示意見，不像一般父母會干涉並堅持男孩子得唸理工科。兒子雖然大學考到離家不遠的輔大，外子竟也同意他住在學校附近的宿舍，只有在兒子第一次住進宿舍之前，帶著我到宿舍幫忙打掃房間，從書房到廁所，外子都揮著汗水親自刷洗，我在一旁不解地說兒子長大了，為何不讓他自己學習打掃呢？外子卻說兒子沒有打掃的經驗，先做一次示範給他看。就這樣兒子度過了四年大學生活，期間外子還經常問說：「兒子啊，房間需不需要幫你一起打掃呢？」我很高興兒子已經體貼地學會了拒絕，雖然我知道他的房間一定不會整齊乾淨到哪兒去，但是我相信兒子肯定也懂得了老爸的用心！

兒子大學畢業那年沒有考上研究所，外子並沒有要求他重考，只說兒子要走自己的路，而且順著兒子的意思讓他先服兵役去，反倒是我三不五時地嘮叨兒子要再重考研究所，要補習英文什麼的，外子總說：「他長大了，要支持他的想法，走自己的路，讓他想通了再說吧！」只是現在每次要到高雄出差的前一晚，外子會坐在床上看書，我問他：「很晚了不早點睡？明天不怕遲到嗎？」他總是看看我一邊笑著不回答，卻好像在說：「安啦，我有兒子呢！」

爸爸，我的襪子在生產了！

昨晚打電話給女兒，女兒在電話那頭跟我說：「媽，妳跟爸爸說我的襪子在生產了。」我突然一愣，聽不懂她的意思。

女兒是個不多話的人，因為我幾乎天天打電話給她，講的話都是「妳今天在哪兒吃飯？」「B群還有沒有在吃？」「要多喝水喲！」「有沒有天天上大號？」等諸如此類的話，所以女兒每次也總是「嗯，嗯。」敷衍地回答我千篇一律的問題，今天女兒居然講了那麼多字：「告訴爸爸我的襪子在生產了。」

原來女兒大四了，下學期要舉行畢業展，而女兒的作品之一就是自己設計的少女半統襪。早在去年寒假時，女兒就說過她和班上另一位女同學一組，兩人找到一家在彰化的製襪工廠，女兒和工廠簽約，請他們替她生產自己設計的襪子。其間經過設計、修改、定稿，女兒和同學還親自跑了彰化兩、三趟，這會兒都還沒過年，女兒設計的襪子就要生產了。原來女兒早計畫好，生產出來的襪子一部分要在畢展中參展，而大部分的襪子則是要透過網路來拍賣，意思就是女兒要開始做生意賺錢了，所以讓爸爸匯錢給她，女兒說她和另一位同學各出三萬六的生產費，說白了就是本錢啦！聽到這樣的消息，我和外子都很開心，倒不是因為女兒要賺錢了，而是因為看到女兒終於能學以致用，把所學的都派上用場了。

回想女兒四歲開始跟著許老師學畫，剛開始從捏陶、兒童畫、素描、水彩和國畫，按部就班地學習。每個星期六外子從中和載兒子、女兒到內湖習畫，我們總是全家總動員，孩子們的晚餐也總是在車上解決的，等他們進畫室後，我們夫妻倆才去逛黃昏市場兼解決晚餐，有時吃義大利麵，有時吃羊肉爐，有時吃水餃，倒像是在約會一般地。就這樣一個禮拜、二個禮拜，年復一年地過去。每當他們從兒童畫進階到素描，再從素描進階到水彩畫的階段時，我們的心總是澎湃的，覺得一切的辛苦都沒有白費。

兒子因為對繪畫較沒耐性與興趣，他在沒能進階到素描班時就放棄了。倒是女兒原本打算讓她讀美術班，所以在上國中的前一年為了加強學習，在那一年裡外子每星期三晚上和星期六下午都要載女兒到內湖學畫。結果升國中那年，女兒參加了美術班的考試，女兒的創意、素描、和水彩都在八十五分以上，只有那年加考的藝術概念女兒全憑自己的直覺常識考了七十分，因此最後總分差兩分未錄取。老師安慰女兒說她的底子好，所以術科很強，要她繼續努力，大學一定可以考得很好，當時女兒可能還小，得失心也沒有太大。唸了國中，也考上公立的普通高中，女兒一路一直跟著許老師習畫，除了在小學、國中階段的畫作受到老師的肯定外，高一時還參加學校舉辦的四格漫畫比賽，拿到高一組第一名，從此對自己在習畫的生涯裡也更增添了信心！

記得在國中時，我就像大部分孩子習畫的家長一樣，希望女兒能考進國內藝術系的最高殿堂，有一回我問女兒：「妹呀，你覺得自己考得上台藝大嗎？」當時懵懂的女兒很肯定地回說：「我可以！」沒想到女兒高中三年，一來不夠努力，二來英文、數學底子都不好，所以大學只考上花蓮的東華藝術設計系，因為東華的前身是花蓮師院，本想若有教育學分可以修，將來畢業當美術老師也不錯，但是一來女兒一直對當老師沒有興趣，二來學校也不開教育學程的課了。有一回我跟女兒說：「妹呀，你畢業後就跟許老師一樣開畫室教小朋友畫畫好了。」沒想到她居然回答我說那是退休以後的事。女兒雖然話不多，但是對自己似乎很有規劃，有一次她告訴我：「媽媽，我們老師說在二十歲前就要想好自己將來要做什麼。」而且她從大一開始就告訴我她不走純美術，也就是現階段她不再繼續畫素描、水彩和油畫了，我才知道藝術設計的領域有多寬廣，不再只是印象中的水彩、油畫、國畫等。

女兒會自己去書店買跟設計有關的書和雜誌，也會上網找補習班，利用暑假回台北的時間去學習跟設計有關的電腦課程。問她畢業後要不要繼續唸研究所，她回答會，但稱不一定是畢業後應屆就考，問她需不需要幫忙，她都回答：「媽，我自己會搞定，妳不要擔心太多啦。」也對，女兒長大了，不知從什麼時後起，我能為她做的事也愈來愈少了。從小女兒總是欣然接受我幫她買的衣服、髮夾、包包、和鞋子等貼身用品，甚至步入青春期後，也只用我為她準備的生理用品。但是自從國、高中起，對於我幫她買的衣物就從「勉強接受」到「斷然拒絕」，從此一直到她大學離家住外，我的失落感也與日俱增，只能藉著每天電話遙控連繫母女之間的感情。記得國中時期有一位公民老師跟我們說過，因為女兒長大後會嫁人，所以當媽的要比疼兒子來得更疼女兒，當時覺得老師的話很有道理，如今對這一番道理就更有感觸了。

女兒自九月中旬開學至今尚未回家過，甚至中秋節也是在花蓮的房東家烤肉過節的，說是在趕畢展的作品。如今她和同學設計的作品已經在生產製造了，而我感到欣慰與驕傲的是她懂得從自身的需求與興趣作為創作的出發點，因為女兒從上大學以來，下半身的穿著一向就是黑色的緊身褲或黑褲襪再搭配彩色的造型短襪，女兒這樣的穿著在她的年齡層裡還算是有一點時尚感的，所以這次畢展的部分作品就是設計她喜歡且熟悉的少女短襪與半統襪。我認為她已經掌握了從生活中去發揮自己的最優秀面的精神，而這不就是創意設計的人生中最基本也最重要的課題嗎？女兒啊，媽媽很欣慰，也要恭喜妳在學習的路上又跨出了一大步，希望妳本著同樣的精神，在職場上盡情地發揮活出更精彩的創意人生！

寫在三月十八日，小黑的祭日

小黑是我家的第一隻寵物，她是鄰家的黃色母狗所生下的其中一隻小母狗，鄰居送走了同胎的幾隻小狗之後，留下一黑、一白的兩隻小狗與黃色母狗為伴。我是一個極不愛寵物的人，但卻生下一對愛死寵物的兒女。女兒小三，兒子小六時，每次兄妹倆都會在鄰居家門口逗弄兩隻狗一會兒後才進家門。有一天兄妹倆突然不見狗兒的蹤跡，一問之下才知道鄰居通知捉狗大隊把牠們捉走了，女兒哭著說：「我每天餵牠們吃東西，你叫我怎麼忍心看著牠們活活地被燒死。」兒子睡到半夜哭醒說：「我要去找小黑、小白。」外子只好千方百計地帶兄妹倆找回了小黑，不但替這隻小母狗做了結紮手術，還為她買了夏天跟冬天住的狗屋，我實在有一點吃味，因為當年老娘我可只有一間房子住呢！

小黑八個月大時，外子策畫了為期八天的全家騎腳踏車環島旅行，農曆大年初二出發，我們全家四口每天騎得灰頭土臉，姑娘小黑卻坐在外子腳踏車前頭的籃子裡一邊欣賞風景一邊拉屎，真是狗比人嬌啊！環島途中，有一天我們計畫要入住彰化的天后宮香客大樓，外子鋌而走險地把小黑藏在小紙箱裡夾帶，與我們入住香客大樓一夜。

有一段日子裡，外子為了讓全家健身，強逼我和兒女在住家附近的小學操場上慢跑，小黑也不能倖免於難，因為外子是牽著牠一口氣跑三十圈的。

民國九十八年女兒大學學測放榜之前，小黑突然變得有氣無力地，雖然打從她成為我們陳氏宗親會的一員後，就一直扮演著一隻既有氣質又內斂的黑狗，但是連我這個平常不太會逗弄牠的人都注意到牠的異樣。外子將小黑送到獸醫那兒住院七天後病癒帶回家靜養，怎料第二天我下班回家外子就告訴我小黑走了，外子堅持等女兒放學回來，再一起將小黑入殮於紙箱，我們夫妻在屋內等著，女兒打開大門後沒一會兒，就在院子裡嚎啕大哭說：「媽，小黑不會動了耶！」我們將小黑埋在婆婆的菜園裡，為牠燒了金紙，婆婆也為牠誦了經。第二天三月十九日中午，女兒收到了她不甚理想的學測成績後只問了我一句話：「媽，我可以再養一隻狗嗎？」

「妹妹，有生就有死，何必呢？」我回。

大二那年女兒又養了一隻取名「史瑞克」的貓，還稱要養到牠死。小黑，史瑞克是妳的化身嗎？「牠」有「妳」的影子，又多了幾道白，又或者「牠」是當年沒找著的小白呢？

那一段陪女兒練琴、畫畫的日子裡

由於自己喜歡鋼琴，結婚前一年在任教學校附近的一家樂器行裡學了一年鋼琴，拜爾、徹爾尼沒彈多久，就要求老師讓我直接彈曲子。記得自己彈的最「偉大」的曲子就是「桑塔露琪婭（Santa Lucia）」。結了婚後第三個月就懷孕，有一天在彈琴的時候婆婆吐槽我說：「秀玲啊，我看顯瑜彈得都比妳好。」姪女顯瑜就住我家附近三樓，我的彈琴年齡哪能跟她比呢？婆婆暗示我為人母就認命當個賢妻良母吧，於是我收手了。直到女兒滿四歲時，我也是那種讓子女替自己完成「未秧歌」之夢的人，於是帶女兒上山葉鋼琴團體班，女兒也挺有興趣，一年後因為外子有意讓女兒和兒子一樣讀光仁音樂班，所以女兒開始拜兒子音樂班鋼琴老師楊燁習琴，老師並且建議女兒要參加比賽才有練琴的目標與動力。剛開始我是陪在女兒旁邊一起學習樂理，回家後陪女兒練琴，複習她的樂理功課，到後來樂理漸難，我罩不住了，還好女兒頗聰明，就讓她自己跟老師學，我只負責陪她練琴，回想起來女兒還真聽話，但是不如說自己很有耐性，每次女兒練習比賽曲目時，我都會說：「七號陳宥慈出場。」「坐在椅子上深呼吸數一、二、三，開始……」而且我從不發脾氣，不滿意的時候，我會說：「妹妹，起來動一動，再來一次」。

我陪伴女兒練琴的時光彼此是愉悅、享受的，女兒也順利考取光仁音樂班，卻因故沒有讓她讀音樂班，但持續學琴，先後再拜師紐約鋼琴演奏博士連茂淑老師與留美鋼琴雙碩士胡淑真。女兒也多次參加鋼琴比賽，如在台中舉辦的維也納鋼琴比賽，曾榮獲榮冠盃中級組第二名，通過北京中央音樂學院鋼琴鑑定第四級。直到某天，女兒才剛開始彈一小段曲子，外子就大聲吼叫：「亂彈！」又過了一陣子，女兒鋼琴老師跟我說：「妳女兒最近彈琴不太專心，讓她暫停一會兒吧。」從此女兒學了八年的鋼琴就此打住，直到她小六畢業升國中起，我家的鋼琴蓋沒有再被掀開過。不過，還好外子也從女兒四歲起就每星期六下午開車連同兒子一起到內湖向留學西班牙的許金水老師習畫，一直到女兒考取大學藝術設計系，去年夏天畢業，現在已經是個網頁設計師了，當年女兒在許老師畫室裡完成的作品都是親自交給我看，外子不太注意女兒畫啥，否則老爸可能會再來一句：「亂畫！」

大學美術術科聯考前，許老師按例舉辦兩天的模擬考，其中水彩一科，許老師給了每位同學與打棒球有關的情景圖片，並給學生一個題目「冠軍」，讓學生照自己的構思再畫一張。以往女兒經常被老師誇讚她功夫夠、底子打得深，結果那一天女兒的畫並沒有被老師挑出來評為佳作，女兒憋到回家終於忍不住問我：「媽，妳覺得我畫得怎樣？照他們那樣畫，我也會啊！」的確，其他同學的畫中，棒球選手的制服就是我們平常看到的制式衣服，只有女兒的投手是頭綁花布頭巾，我告訴女兒：「妳是唯一跟別人不一樣的呀！」女兒從四歲起，捏陶、兒童畫、素描、水彩、國畫已經整整學十四個年頭了，她會畫頭綁花布頭巾的投手，代表女兒想突破傳統了，她已經在「創新」了，我高興都來不及！女兒小五時，跟著兒子迷看漫畫，我覺得可能有益於她畫創意畫，沒有阻止她，果然有一回她投稿的漫畫被刊登在漫畫本上。也是小五的時候，有一天，女兒在電腦上秀了一段中文文章給我看，我看完之後問她誰寫的，女兒回：「我寫的。」沒錯，看漫畫之後，女兒學業成績是退步了一些，但是她那一篇文章卻充滿了想像，簡直像極了《愛麗絲夢遊仙境》般的文章，但是女兒從未讀過《愛麗絲夢遊仙境》，套一句李宗盛作的歌詞：「何必在意那一點點溫存？」我又何必在意那一點點分數？

女兒大學四年裡只讓我看過一次成績單，大三時我問：「妹妹，妳設計方面的成績在班上排名如何呢？」女兒回：「算前面吧。」我就不再擔心她的成績了。小學時，女兒的一張國畫被掛在學校的畢卡索畫廊上，她還曾經在小學時就說過：「梵谷的畫法我也會啊！」哇！上大學後某天我對小女說起畢業後她可像許老師一樣開畫室教人畫畫，她回那是退休之後的事。她連退休以後的事都想好了，老媽還擔心啥呢？讓天賦自由，不要抹殺孩子的學習興趣，做一個在背後支持她、關心她，在她面前欣賞她、鼓勵她、讚美她，當個現代的父母，在捨得花錢之外還要懂得「放」！

輯三　我瞧

我喜歡看，喜歡爲周遭小人物的故事，因為他們是平凡人物，但是他們的故事都是真實的人生百態，相信一定能啟發平凡的我們……

全世界妳是第一人

今天早上醒來，發現我的喉頭下面輕按的時候有疼痛的感覺，心裡覺得怪怪地，畢竟教書三十年了，而近一年來也發現自己上課時經常有破音的現象。好在七月初正式退休離開學校了，喉嚨總算可以好好地休息。我八點未到就去住家附近的耳鼻喉科掛了診，這家診所的病患很多，而且共有三位醫生聯合看診，平常小感冒我都不指定醫生，也就是為了要避開病患很多的院長醫師。但是今天覺得似乎要讓醫術高明的院長看一下才安心，於是我掛了4號，護士小姐說醫生九點才會出現，反正離家近，我便先回家曬衣服、做點兒家事。

我九點準時到達診所，等了大約十分鐘，很快地護士小姐讓我進診間，醫生正在替一位時髦的小姐看診，護士小姐示意我一旁坐著，一邊問我哪兒不舒服？第幾天了？我不太經意地回答：「第一天，喉頭有點疼。」醫生結束上一位病患看診後，敲了下電腦便過來幫我看診，「好，太太，麻煩張口我看一下喉嚨……喔，喉嚨腫這麼大，才痛第一天，全世界妳是第一人。」院長說。

「我是喉頭下面……這裡摸起來會痛。」

「扁桃腺的細胞分布得很廣，我幫妳用透視鏡照一下。」「看起來還好，我看妳去年看診到現在，身體應該很健康，應該沒什麼問題。」

「哦，醫生，你說下面疼痛有可能是扁桃腺發炎？」我問。

「我不是講過了嗎？扁桃腺細胞分布得廣，妳這一年都很健康，應該不會是長東西啦！我會給妳最好的藥！」看完診後我又到隔壁藥局拿藥就回家了。

一路上心裡很不是滋味，覺得有些委屈，我知道院長很大牌、病患多，但是您的態度也太差了些吧？咱知道自己是又老又胖的歐巴桑了，早就沒什麼魅力與姿色，但是醫生對我的態度跟對前一個小姐的態度也差太多了吧？老娘發誓下回不會再來讓你看病了！

自從去年暑假在馬偕醫院經歷震石的經驗，我就深信醫生應該要懂得病患的心理，才能獲得病人的信任與敬重。去年因為在醫院照超音波檢查出我的左邊腎臟結石，我立刻在醫院泌尿科掛了門診，依約前往看診時，一進門，看見一位約莫五十出頭的醫生以及年輕的護士，醫生旁邊還坐著一位女的實習醫師，醫生問女實習醫師：「妳看得出來石頭在哪兒嗎？」女實習醫師用筆指了螢幕上的白點，兩人又用英文講了我聽不懂的術語，之後醫生便建議我做震石手術。我接著問醫生做震石手術會痛嗎？醫生看看我笑著說：「喔，別人都會痛，只有妳不會痛。」醫生看我一臉嚴肅，才又正經地說：「開玩笑的啦，我們會打麻醉藥啊！」

之後我心裡覺得不妥，把震石的事又擱置了半年，直到有一天我因為血尿掛急診，急診醫師又幫我介紹了一位他口中很好的醫生，並且掛了第二天的門診，這位醫生看了我急診的報告後告訴我，我的確有血尿，但是結石的情況還未迫切到需要震掉，讓我暑假有空再去做手術。我聽了他的話後，馬上寬心很多，一放暑假的第一天我就立刻去找這位醫生，醫生第二天就幫我安排震石手術。手術果然成功，不但沒有不舒服的感覺，而且恢復得很快。台語云：「先生（醫生）緣，主人福。」也許對別人管用的醫生，對我們卻無效，但是一個好的醫生對待病人應該要親切、有耐性，讓病人心生信任，才能把自己交給醫生，安心地接受治療與養病！

快打 165 呀

今天早上九點鐘的時候家裡來了一通電話，沒有問我是誰，劈頭就說：「這裡是台北警察局，小姐妳違規使用健保卡要受罰唷！妳是不是在八月十七日，九點五十分的時候在台大看病領藥？」

「沒有啊，我看病都在馬偕醫院。」我不解地說。

「那妳的健保卡有沒有遺失或被冒用？」

「沒有啊，我的健保卡還在，不然我去看一下，確定一下。」我說。

「喔，好！」

「我的健保卡還在，而且我看病都在馬偕，不會去台大啊。」我說。

「好，我幫妳打到健保局問問看，一兩分鐘後我再打給妳。」兩分鐘後電話鈴又響，小姐很有耐性地說：「小姐，健保局這裡有記錄，妳在八月十七日在台大看病，還領了六萬多元的藥。」

「怎麼可能呢？」我著急地說。

「小姐，這可能是詐騙集團唷，而且手法很高明，這樣好了，妳電話不要掛，快，直接打 165 反詐騙電話。」我按照小姐的指示撥了電話，把剛才發生的事又敘述了一番。

「小姐，有沒有可能妳在上班的地方得罪了人？」

「沒有啊，我就是一個剛剛退休的老師。」

「喔，妳剛退休，就是生活很單純的人，這樣好了，我現在跟八號分機連線，再幫妳查清楚，不過我現在要電話錄音，妳就不用再跑警察局了，妳把妳的身分證號碼告訴我，現在家裡還有人嗎？」

「有，我女兒，大三了。」我答。

「喔，妳女兒，為了錄音品質，妳現在到房間裡，把門關起來，叫妳女兒不要叫妳。」電話那頭一個陌生男子稱：「經過查閱，阮小姐在台中違反票據法，所有名下的財產都要凍結十八個月。」

「我都聽到了，怎麼可能呢？」我氣急敗壞地說。

「妳都聽到了喔……」

「媽媽，妳在幹嘛？妳趕快掛電話啦！」女兒在一旁叫著。

「我在電話錄音，妳不要出聲啦！」我答。

「喔，妳女兒在跟妳說話，她也是關心妳啦。」

「我弟弟住台中，他也是聯合大學的老師，不過他通常都住在宿舍，只有我弟媳跟女兒住那裡。」

「喔，妳弟弟也是單純的老師，妳看看工作上有沒有得罪誰……」

「沒有啊。」我無助地答。

「媽媽，妳不要再跟她講了，165不會電話錄音，那是詐騙集團……」女兒吼叫著。

「我女兒說警察不會電話錄音……」我也開始質疑起來。

「這是擄人勒贖案，妳還……」

女兒搶過電話很兇悍地說：「你找誰？她不在，你要幹嘛？」對方似乎沒有回應。

「媽媽，她還掛我電話耶，混蛋……媽媽，妳去書房接電話，那才是真的165反詐騙的電話。」我接過電話後，一名男子很有耐心地告訴我那些事是165反詐騙中心不會做的事，還告訴我警方不會電話錄音，也不會讓人操作ATM，就這樣莫名其妙讓我膽戰心驚地經歷了一場騙局，呸，真是混蛋加三級！

濟公來普渡

婆婆說今年的中元普渡要在社區的公廳——「正道」門口祭拜，「正道」是社區裡父執輩的朋友們共同建造的二層樓的廳堂，二樓供奉神像，平常只讓社區裡的人膜拜，一樓是個會議廳，社區裡有活動要宣布或是選舉立委等公職人員時會用到。因為社區裡阿貴伯的兒子前些日子把正道裡供奉的幾尊外表剝落的神像都拿去重新鍍金，趁中元節那天要把神像給請回來，聽說也請了師父一起帶領我們祭拜普渡。阿貴伯的兒子阿南稱已看好時辰，在中元節當天下午五點吉時開始祭拜，結果當天下午一點多下了一場大雨，還好前一天阿貴伯的兒子阿南請人搭了鷹架，算是有備而來，而雨也下了不久就停了。

三點半婆婆緊張兮兮地跑來按門鈴，說是外面已經有人把供品拿出來了，為了安撫她，我就先過去婆婆那裡幫她把要祭拜的供品拿到正道門口的供桌擺放，然後再回家把自已準備的供品也拿出來祭拜，愈來愈多的人與供品陸續出現，不到四點，三大張的供桌都擺滿了鮮花、供品，還看到主事者特別準備用糕餅做約三、四十公分長的一頭豬跟一頭羊，萬事就緒，大夥兒就等阿貴伯的兒子及師父出現。

平常社區裡只是點頭之交的鄰居們趁著這個空檔聊天閒話家常，婆婆跟嬸婆坐在公廳裡與阿丙嬸聊天，我站在外頭正好看見對面三樓楊太太的大媳婦帶著兩歲大和一歲大的兩個女兒在玩，我對楊太太說：「妳的孫女好漂亮！」她笑了笑說：「哎呀，好皮唷。」我又問：「你小兒子生了沒？」楊太太答：「沒有。」我知道楊太太的小兒子結婚七、八年，也搬出去住了，很久沒有看到，所以我才提起，沒想到楊太太對我說：「我大媳婦跟我說雖然她都生女的，總比那生不出來的好……實在不應該這麼講，對不對？」看來這一對婆媳之間的互動也不是很好！

下午五點整，阿貴伯的兒子阿南和阿明準時出現，阿貴伯原本住在這個社區，這些年來，阿貴伯、阿貴嬸相繼過世，阿南和阿明也陸續成家，搬離了這個社區，這些年來他們這裡的房子就借給一些尼姑朋友住。阿貴伯是搞建築的，財力雄厚，他的兒子們也都住在離中和不遠、自己蓋的社區裡。兄弟倆帶著媳婦及一位妝扮成濟公模樣的師父一起前來，濟公手裡還拿著一壺酒，不但不時地喝酒，更不可思議的是，濟公還以一股神明的腔調神言神語地，大家看到濟公到來，也都一一站好就緒，主事者讓我們女的站一邊，男的站一邊，我們隨著主事者的口令一會兒向這一頭祭拜，一會兒又轉身向那一頭祭拜。阿貴伯的小兒子阿明稱濟公說希望我們這個社區能恢復從前的向心力及團結的精神，以後每年的中元節大家都要集中在公廳前祭拜，也希望大家能樂捐基金來共同維護公廳裡供奉的這些神像。

其實這個社區是四十多年前父執輩的朋友們因為共同的宗教信仰，大家在這裡買地而建造的，這一、二十年來，父執輩的人相繼過世，只剩下包括公婆、五叔、姑丈、姑姑、阿良伯等七、八個老人了。而下一代的人有著不同的教育背景，分散在不同的行業，也有著不同的際遇，對這個宗教信仰不再那麼熟悉，那麼熱衷，公廳裡的神像也只剩下包括婆婆在內的兩、三位長者在祭拜了。我正納悶這阿貴伯的兒子已經不住在這裡了，為什麼今年這麼熱心地回來這裡，而且主事這一場普渡呢？婆婆說原來阿貴伯的兒子繼承了阿貴伯的事業，仍在建築業裡叱吒風雲，這一次想出面整合大家，希望大家有共識而為將來這個社區的重建鋪路。但是重建不是一件簡單的事，其間要經過多少次眾人的開會、商議和磨合才能定案，所以當然需要有人帶頭來做，而藉著宗教來凝聚眾人的向心力也不失為一個好方法。只不過大家都是凡人，長久以來我們不都是拿著一柱香，遙向天上的眾神祈求平安，祈求我們的願望嗎？我們雖看不到神，卻相信神的存在，我們看不到鬼神，卻敬鬼神，相信自己要努力，神才會幫助我們，相信要心存善念才有福報，反而對於眼前這位濟公妝扮、神言神語的人感到十分突兀。

普渡中場時，三樓楊太太很興奮地跑去找濟公，說她經常腰痠背痛，於是濟公立刻把他那壺酒放在神桌上，雙手很賣力地替楊太太搥肩，更用神的聲音告訴楊太太她太過勞累，需要多休息。五分鐘後，只見楊太太一副舒服到不行的樣子說：「濟公說我太操勞了，要我多休息，現在好多了，真的好多了。」阿貴伯的小兒子阿明又說濟公指示要以本社區的名義捐款給蘇拉颱風的受災戶，我看大家很熱心地三百、五百、一千地傾囊相助，也瞧見婆婆很開心地拿出千元大鈔，並以陳氏歷代祖先的名義捐了出去。宗教的力量是無遠弗屆的，希望這些善款能真正幫助了那些受災戶，而本社區也能在阿貴伯的兒子推動下參與有意義的公益活動，更重要的是，希望阿貴伯的兒子能真正地為社區規劃一個利於眾人，又公平又和諧的社區重建藍圖！

賓仔

早上八點買完報紙和早餐回家，外子說趁著今早天陰陰的，要把上禮拜尚未粉刷完的後院欄杆給刷好。於是我倆很快地吃完早餐，大略地翻了翻報紙，八點半正想等外子調好漆開始動工，走到後院才發現緊鄰著後院欄杆外圍擺滿了破舊枯萎的各式盆栽，因為平時沒在注意，只知道金土伯生前把我家後院也就是他家的前院之間的空地圍了起來種了幾棵竹子，剛開始婆婆還抱怨金土伯不講道理，明明是我們兩家共用的通道，居然自私地把它圍起來占為己有，當時我和外子白天都忙著上班，也覺得金土伯他老人家閒來無事種得好玩，也就沒有去理會他。沒想到三年前金土伯過世後，他的大陸媳婦竟然把欄杆給圍了鐵架，只見她上面曬衣服，下面掛盆栽。平時我們也不太注意別人家的作息起居等閒雜事，只有在去年冬天時，有一天我在家裡曬衣間曬衣服，突然一股臭味來襲，我原以為家中又死了老鼠，正頭疼不知老鼠死在何處？透著紗窗一看，金土伯的竹子園裡躺著一隻死黑狗，當時真是氣憤不已，也知道是金土伯的小兒子賓仔的傑作。

金土伯有兩個兒子，大兒子雄仔六十來歲，當年的明治工專畢業後又去日本唸了帝國大學，四十來歲拿到博士學位後學成回國，很快成了家，自己在外面買房子住，偶爾會回來老家看父母。小兒子賓仔與大哥相差十來歲，從小不愛唸書，國中畢業當兵回來後找不到工作，交了一些壞朋友，也曾因故被追殺砍傷過，後來金土伯買了部豐田讓賓仔開計程車為業，多年後經人介紹認識了一個長相清秀的大陸妹，在將近四十歲時結了婚，只是婚後多年未曾看見賓仔的太太懷孕生子。有一回我搭了賓仔的車，車上與他閒聊：「賓仔，太太有沒有要生啊？」我問，「沒有啦，她還年輕，慢慢來。」他答。賓仔其實人很熱心、憨厚，只是結交了一些酒肉朋友和賭友，所以經常半夜喝醉酒回來，門被他老婆鎖了便發起酒瘋，嘴裡三字經幹個沒完，手裡拿著棒子敲玻璃大門，甚至敲鄰居停在外面的車子。

多年前金土嬸、金土伯相繼過世，賓仔除了他大哥外還有一個七十來歲未婚的叔叔住在附近金土伯名下的房子。前年叔叔過世後，賓仔賣掉叔叔的房子還了一些賭債，大概也所剩無幾了。去年還向外子借了五千元，本來外子想都是兒時的玩伴，就當是肉包子打狗，沒想到兩個月後賓仔竟然還了錢。殊不知去年冬天賓仔竟然把他家的死狗丟棄在我家後院，也就是他家的竹子園，外子跟他說了之後他不但沒有把狗移走，反而拿了一堆土把狗就地掩埋，直到現在我仍然無法接受狗被埋在後院的事實。

而近一年來不但很少看到賓仔，也幾乎不見他的大陸老婆蹤影，有鄰居說他老婆跑了回大陸去了，而外子說他半年前碰到賓仔，他跟外子說他現在很少住台北了，大多在桃園的工地做工。半個月前小妹說她有一天在住家附近的街上看著一群人圍著，定睛一看，中間是一個警察在跟賓仔說話，賓仔看起來很激動。又記得有一回我趕著上台北又搭上賓仔的車，聊著聊著我說：「哎呀，你阿爸留下那麼一大筆，你大概也不大需要上班吧！」「別傻了，別傻了啦！」賓仔答。爸爸生前說過，二十多年前金土伯以兩千多萬元賣了他家的一座山，除了讓大兒子到日本唸書外，再來就是買了部車給小兒子開計程車去，經常看見節儉成性的金土伯裸著上身在自家院子裡種菜，而金土嬸在十多年前也因為生病身體萎縮，聽說末了只能蹲著走路，過世前從來也沒有人再瞧見她出過門。前陣子聽婆婆說賓仔的大哥雄仔把金土伯的遺產一人獨吞，分文都沒有給弟弟賓仔，難怪賓仔要賣掉他叔叔的房子。而如今賓仔大哥名下的這棟房子也經常是空在那裡，少有人看顧，偶爾會有自稱是賓仔的朋友來詢問賓仔的下落。看著眼前這些破舊枯萎的盆栽，對映著金土伯家門前雜草叢生及枝葉亂竄無人修剪的七里香，真是令人不勝唏噓，想必這樣的人事變遷與滄桑，也是天上的金土伯所始料未及的吧！

一起找健康的人

外子這幾天在鬧牙疼，他和牙醫約好晚上七點看診，並說好看完牙醫讓我陪他到住家附近的小學操場跑步。由於我去年爬山時左膝蓋受傷至今未痊癒，所以上星期家裡買了一台跑步機，打算讓家人好好利用。而兒子本來上個月在健身房繳了三個月的費用，他偶而會利用下班時間到健身房報到，但是他交際應酬多，一下高中同學約打球，一下大學同學聚餐，經常忙到三更半夜才回家，健身房也就無法天天去，所以是他率先慫恿我買跑步機，好方便他、也方便我做運動。一個禮拜來，我每天都按時在看八點檔連續劇的時候先跑個三十分鐘，休息半個小時之後，再跑個二十分鐘。我每天維持跑五十分鐘，似乎體重也有下降的趨勢。其實嚴格說來我不是在跑步，因為我的體重過重很多，為防止膝蓋因運動負荷太多而受傷，所以我都是用走的。我曾試著在操場慢走，但是因為我走路的速度很慢，所以不管在操場走多久都不太容易流汗，而且很無趣。而在跑步機上可以隨著自己的節奏加快速度，且容易流汗，而流汗才算是健康又有成就感的運動，所以才為了自己、也為了兒子花大錢買了跑步機。

今天我提前在晚上七點三十分就在家用跑步機走了半個鐘頭，八點整外子看完牙醫回來後，我又陪他到操場展開他的慢跑運動。記得小孩還在唸國中時，外子經常押著全家去跑操場，外子一跑就三十圈，兒子體力較好還能跟上，我和女兒則總是很不情願地用著牛步在應付著，當年家裡養的狗兒小黑也都是由外子牽著跟他一起跑。孩子漸漸長大，讀書在外，外子也由於一直忙於工作，回家時總是過了正常人家的晚飯時間，所以沒能維持他喜愛的慢跑運動。近日，特別是自從我退休後，不知是否正逢更年期，我的體態越趨浮腫，外子總是抽空在星期假日陪我爬山一次，而在我買了跑步機開始運動後，外子也想恢復以前到學校操場跑步的習慣，他規定自己每星期三、五跑步兩天，而外子像撒嬌似地覺得他陪我爬山，所以我也應該陪他去操場跑步，而我也覺得每天在家走跑步機，能有個一天到操場散步轉換心情，也是不錯的事。說來兒子現在能有喜愛運動的習慣，還是多虧外子從小把他訓練出來的呢！

今天晚上來操場運動的人似乎特別多，不曉得是否因為這個原因，還是外子年紀漸有了，我覺得他跑步的速度似乎不如以前來得快，當然家裡的狗兒小黑也在三年前女兒大學學測放榜的前一晚因病走了，所以外子再也沒有機會牽著他那貼心的寵物慢跑了。其實外子也曾因為來學校跑步而認識了一位真正認真在慢跑的年輕朋友，外子剛開始帶領全家到操場跑步時，有一天在操場看見一位留著馬尾的年輕男子，只見他一跑跑了許久，外子藉機和他搭訕，才知他在餐飲業服務，還是一位業餘的馬拉松選手。他每次都繞著二百公尺一圈的操場跑一百圈，而也就是因為他，外子把自己原來跑十五圈的習慣，改為跑三十圈。而這個年輕男子幾乎是風雨無阻地每天來操場報到，在我們全家人停止跑步的這段日子裡，偶而在學校附近碰到那個年輕男子跑完步路過時，他也都會很有禮貌地打招呼，也會問起為何不見外子來跑步呢？

今天晚上操場的人特別多，趕來的時候天色已經黑了，半個多鐘頭後，外子停下腳步，稱他跑了二十七圈，我沒來得及問他為何不湊個整數呢？也許真是操場上運動的人太多有些擁擠，也說不定那個留著馬尾的男子今晚不在操場的人群之中，畢竟我和外子也都是年過半百的人了，為了健康，是該好好地保養自己的身體。希望能夠再重拾運動的好習慣，希望可以再見到那位綁馬尾的男子，也但願每天都能在這個運動場上與大家一起找健康，一起相見歡！

買餅記

下星期六的中秋節聚餐，女兒已經決定不回來參加，要留在花蓮與同學一起過節。今天下午兩點陪大哥、大嫂、大姊帶阿母去醫院做殘障鑑定，回家後，大嫂稱要到 Costco 買雅芳的乳液，我便順道與他們一起去，本來打算在那裡買盒月餅給女兒寄過去，結果生意太好，月餅已經搶購一空，還沒來得及補貨，我只好隨便買了一些鬆餅、一隻烤雞跟一盒蘋果，也算不虛此行，沒有空手而回。

晚上打算讓外子和兒子吃烤雞，我簡單燙了一盤花椰菜，沒多久外子就回到家了，吃過晚餐後，我讓外子帶我去永和的王師父餅店買月餅，去年朋友介紹我們吃，覺得口味挺好的，所以我們就驅車前往。一如往昔，還是一樣要大排長龍地等候買餅，輪到我時，我拿了一個九粒裝的盒子，一邊挑餅一邊向店員詢問都是哪些口味的，有抹茶麻糬、蛋黃酥、咖哩、松子、芋頭、香菇魯肉以及招牌的金月娘等等，應有盡有。我共挑了六個圓形餅和七個方形餅，然後再從中挑了四個圓的餅、五個方餅，共放了九個餅裝成一盒，心想九種不同的口味女兒一定很喜歡，開心地正要結帳的時候，櫃台裡一位看起來五、六十歲的女人說：「太太，妳這樣放很難看耶。」我還很天真地回答：「不會呀，這是要給我女兒的！」女人回答：「這個盒子很貴耶。」「喔，那我要怎麼裝？」我很無辜地回答。那女人不耐煩地拿了兩個四粒裝的透明盒子把我的餅裝了兩盒，所謂透明的盒子，意思就是自己要吃不送人的，剩下五個餅，那女人就順手拿了一個像平常裝麵包的塑膠袋，還丟在一旁沒幫我裝進去，旁邊一個二十來歲的女店員趕緊跟我說：「前頭有塑膠盒。」我付了七百二十元，拿了塑膠盒便離開。

回到外子車上，我愈想愈不高興，花錢還受氣，我告訴外子事情經過，外子居然回說：「算了，妳要真的想要盒子，就跟她買一個。」「開什麼玩笑，那裡圓的餅每個都是七十元，我如果買一盒九粒裝的也不過六百三十元，我還買了七百二十元的餅耶，她根本是藉口，居然還說這樣裝很難看，還說這盒子很貴，講話一點都沒道理，我是想裝一盒寄給女兒看起來比較正式，不像市場裡隨便買的，而且女兒可以拿出來請同學吃，吃完盒子還可以用來裝小東西，真想退還給她。」「算了啦，為什麼不當面跟她說？」「我本來就不習慣跟人吵架，只是覺得她這樣做生意太過分了，我要打電話給他們。」「算了啦，別浪費錢打電話，我們去特力屋買鞋櫃去！」外子說，很快地我與外子買完鞋櫃便打道回府！

到了家發現兒子也下班回到家了，我告訴他我買餅的經過，兒子只顧著彈他的吉他。我深呼吸一口，決定按照自己的方式處理，於是我看著裝月餅的塑膠袋上王師父餅店的電話撥了過去，一個女店員接的，我向她說了來龍去脈，她一直道歉並說那個女人是來幫忙的，我告訴店員我是去年朋友介紹來買的，還告訴她店裡的人告訴我只能放五天，所以先買一些給女兒寄到花蓮去，等下禮拜接近秋節時再來買，做生意不可以因為顧客多了就姿態高，應該感恩才對，我可能職業病又犯了，還告訴她自己是退休老師，外子叫我不用打這電話，我只是覺得我有必要告訴他們要改善，才打這電話，那一頭女店員忙說道歉和謝謝，掛了電話後我心裡舒坦多了。於是順手拿了一個剛買來的餅吃，抹茶麻糬，嗯，還真是不錯吃呢！我把剩餘的餅都放入冰箱冷藏，打算明天一早連同今天買的蘋果、柚子以及前天幫女兒買的三件她愛的背心內衣都給寄去，好讓她來得及在花蓮過節時能一邊賞月，一邊感受到老媽對她的一份愛心哩！

賣醃漬菜乾的阿伯

兩年前我便注意到這事兒了，在走出景安捷運站往回家路上的黃昏市場旁，有一位約莫六、七十歲的男子在一輛小發財車上擺滿了各式各樣的醃漬菜乾，有我看得懂的菜埔乾、鹹菜乾以及黃色的蘿蔔乾，更有一堆我叫不出名的醃漬類東西。我自己從沒買過，因為乍看之下就是「不健康」的食品，也幾乎沒瞧見任何一個人曾經駐足向他買過，他也從不主動向人兜售，永遠是一個人枯坐在一旁。如果他的生意不好（其實是糟透了），這是否意味著他的貨永遠是那一批呢？我很想告訴他：「老伯，醃漬菜乾較少人吃，為何不賣新鮮的菜或賣些別的呢？」

我記憶中操著外省口音的老伯只要騎著一輛腳

踏車，後座一只箱子裡裝著熱騰騰的包子、饅頭，中氣十足地喊兩聲「包子！饅頭！」就有人願意掏錢出來買它幾個。我不清楚這位賣醃漬菜乾的男子是單身或需要養家，無論他單身與否，瞧他那樣的「經營」方式，我很納悶他一天掙得了幾個錢？恐怕三餐溫飽都有問題呢！

民以食為天，在黃昏市場裡大凡就是賣吃食的東西，其實他所占的地理位置挺顯眼地，只要他「改頭換面」，動一動腦筋，包準他的生意不會「門可羅雀」不再只能坐在一旁枯坐發呆了！

騎著重機車飆向天國的自助餐廳老闆

今早用電話掛了皮膚科看診，雖然路程不遠，我依然趕搭計程車前往，病患不多，所以耽擱的時間也不久。看完診後，我在附近的傳統市場裡買了一袋木瓜，回程時在同一條街上的何嘉仁書店買了嚴長壽的《你就是改變的起點》，走了幾步路後，又在一家平行輸入服飾店買了一件去年款的特價襯衫，再繼續往回程走，我的肚子開始唱著空城計，便決定在一家自助餐廳解決午餐。點了五、六道青菜居然只要五十元，我有些驚訝，索性把晚餐都一併在此打點帶回，一來我右手中指的富貴手近日又有些嚴重，二來外子稱要提前下班陪我爬山、打羽毛球。我兩手提著包、書、食物和衣服，有一種「滿」的感覺，更下定決心要一路步行回家。我哼著：「慈母手中線，遊子身上衣……」又唱起：「母親像月亮一樣，照亮我家門窗……」我的歌聲呼應著即將到來的節日。

終於走到住家附近時碰到了大嫂，我向大嫂說明了我出門的原因，大嫂卻給了一個令我五臟欲出的消息，因為住家附近最老字號、也最常求新求變的自助餐廳老闆在三月二十三日凌晨因為飆騎重機車而身亡了，於是我走進了餐廳，與一直被我誤認為是店裡僱來幫佣的小姐聊了許久，直到今天我才得知她就是正牌老闆娘。老闆娘稱自己四十六歲，先生大他一歲，家裡的日常生活用品都是先生在打理的，還稱先生很疼她，只要先生經濟能力能負擔的東西都會買來送她，星期日也常帶她去戶外兜風。其實老闆的好我早在幾年前就自己發現到了，尚未退休前，我經常在下班後就沒有體力和心力再進廚房做羹湯了，因此就近在這家自助餐廳打點全家人的晚餐，我發現老闆很親切，也注意到他給的菜量都比別的夥計給得多。某年夏天，餐廳推出一道馬鈴薯沙拉，每一份沙拉都像一球冰淇淋一樣的造型，有時沙拉上面裝點著一顆紅色櫻桃，有時放著一顆黑亮亮的日本黑豆，我被它們吸引，經常買個三、四球回家享用，老闆知道我愛這一味，有一段日子裡幾乎天天有它，偶而老闆還會提醒我說：「太太，今天有沙拉喔。」

去年我回母校國中代課，午餐經常在校門口的一家小麵店裡解決，我愛吃店裡的餛飩湯，因為餛飩裡放了不少蔥，吃起來不會油膩，我也曾跟老闆誇讚過我愛它的理由。某天，我又驚見住家附近自助餐廳老闆的娘出現在這家麵店裡，原來麵店老闆與住家附近自助餐廳老闆是親兄弟，麵店老闆稱他認識我，因為他曾經在哥哥的餐廳裡掌廚，又稱自己經常見我去餐廳買便當，現在兄弟各做各的了。

去年夏天，某日我又到餐廳買便當，剛開始客人還不多，老闆似乎生氣地在說兒子唸新北某公立高中，不愛唸書又染髮，學校也不抓，更激動地說：「這些老師都不管成績耶！」我職業病不改，趨前告訴老闆髮禁已開放多年，公立學校是按照教育部規定行事的，又告訴老闆自己兒子也唸公立高中，前兩年都醉心於打爵士鼓，成績也爛到爆了，到了高三就靜下來唸書，雖然大學沒能上國立學校，但也考取了歷史悠久的私立大學，現在走的路也非大學本科系。店裡的客人漸多，我沒有機會，老闆也沒有空檔跟我再深聊，但是我真的想告訴老闆：「小老弟，別太大驚小怪，您兒子可能正遺傳了你的基因呢，您生氣兒子染髮，但是我記得有很長一段日子裡您不是也蓄著長髮、紮著馬尾嗎？您的穿著給我的感覺也有一丁點的龐克風呢！」

當然不是定律，但有時候學歷高的父母看到不愛唸書的子女時，反而會感嘆自己當年書讀得辛苦，而且也不是依照自己的興趣走向去讀，因此不會那麼刻意要求子女的成績，反觀學歷較低的父母，會因為自己書沒能唸好，可能必須用勞力辛苦賺錢，因此「恨鐵不成鋼」，希望自己的小孩讀好書，能有更高的學歷。其實前者與後者都包含了補償與自省的心理因素，但為人父母者也需在補償與自省因素之間取得平衡點，才不會過而不當，抑或薄弱而不足。

社會不需要那麼多唸研究所或博士班的人，但是該接受的義務教育還是要有所堅持，那是最起碼的知識。青少年的染髮與中老年人把白髮染黑都是愛美的天性，至於唸書呢，我想很多人在求學階段都是因為明天要考歷史而讀歷史，明天要考數學而演練數學習題。有些人在校的成績很漂亮，但也許將來不是一個能有獨立思考判斷能力的人；有些人在校的成績很「混沌」，但或許將來會是一個很有創意頗富遠見的老闆。我相信自助餐廳老闆的學歷也不高，但是長久以來，我發現他的店時而經營涮涮鍋，時而經營平價牛排館，到現在的自助餐廳賣便當，幾乎都是門庭若市。

人往往從「無」才會到「有」，卻也經常因為「安逸」而停滯不前。餐廳老闆走了，老闆娘說她的一對雙胞胎兒子一個打算在北部餐飲科系大學再更上層樓，另一個考取中部理工科系大學，同一胎生的兩個孩子，雖然在一個屋簷下長大，也有不同的興趣，看來一個會繼承老爸的衣缽走餐飲業。老闆娘有些擔心她價值三千萬房子的房貸，又稱員工是看在老闆的份上留下來的，還說店面是公公買給先生的，而先生卻每個月得付三萬元的房租給婆婆，我對一個七十來歲的女人每個月要花這麼多錢感到驚訝，因為她看來是那麼地樸素呢！老闆娘繼續說婆婆到處拜佛聽法會花了不少錢，我想佛祖會開示她法會聽得懂一次就夠了，外子曾說人們拜的只是自己心中的那尊佛，佛在心中，當務之急是不要讓您的媳婦每個月在負擔各種吃重的支出後還要支付那麼多房租給您，凡事應量力而為，看到真正的殘障者恭敬一點小錢，看到弱勢團體募款時也恭敬一點小錢，甚或花一百元買一張公益彩券，這些都算是另類的法會。

老闆，您已經騎著重機車飆進天國了，記得享受快感時也要注意停、聽、看，更要保佑您一家老小平安，讓您的店再度成為這條街上真正勇於創新的「夯」店！

寫在教師節前夕

今天早上九點多，我到馬偕醫院看皮膚科，治療我腰間尚未痊癒的軟疣，看診完後要領藥時，手上的腕表已十一點了，肚子有些餓，便在醫院裡兜售便當的地方買了個素食便當，顧不得形象地在等藥時刻便吃將起來，正好我吃完便當時，領藥的燈號也閃出我的取藥號碼。

領了藥，步出醫院，門口有三、四位喊著幫助弱勢兒童的義工在募款，他們吼著：「發票、零錢都可以。」於是我掏出了錢包裡所有的發票和五十元硬幣，放進其中一位義工手上拿的紙箱裡，又到鞋店裡挑了兩雙特價的鞋子，一踏出店門便瞧見那一張熟悉的臉孔，一位身障坐著輪椅兜售彩券的小姐，我們互打招呼，我告訴她我去維多利亞度假三個月，她露出羨慕的眼神，我卻告訴她還是台灣好，當然我也照例拿出一百元，刮一張彩券試運氣，看著眼前一張號碼為28號的彩券，想著教師節快到了，也就沒多猶豫用力地猛刮著彩券，結果左上角一刮，中了二百元；中間一刮，出現相同的三個一千元的數字，賣彩券的小姐告訴我那表示我中了一千二百元。領了獎金心喜之餘，又捐給一位看似尼姑模樣的老婦人二百元，要搭捷運時卻找不著悠遊卡，只好用三百元又買了一張悠遊卡，心裡覺得真是有些美中不足呢！

回家途中，我坐在捷運上，迫不及待地在Line上將我刮中一千二百元的消息傳給了在維多利亞的侄子Andy及大學同學永華。下了捷運過馬路時，我又看見了那一位一、二十年前就認定他是永和國小老師的男子，因為我從未被他教過，所以沒和他打過招呼，今天我鼓足勇氣問他：「先生，您是否是永和國小老師？」他回：「是呀！」我又告訴他我是永和國小畢業的，導師是樊文貴，他卻告訴我樊文貴走十幾年了，我再問他我一年級到四年級的導師許秀卿，他說不知許老師近況，但是許老師的先生曾擔任中和國中主任，我心喜地又追問許老師的兒子也就是我的同學張國棟呢？他說他曾教過國棟，我又繼續問那劉朝男老師呢，這會兒他糾正我說是陳朝男老師不是劉朝男老師，還說校長是陳叔平，我猛點頭，彷彿四十多年前的記憶全都被喚醒了。他說他是王兆麟老師，瞬間我像個記憶失而復得的人，記起了王兆麟三個字，他又告訴我他曾在興南國小和復興國小教過書當過主任，今年八十四歲了。

是的，這一、二十年來我偶會瞧見他，一張臉真的從壯年步入老年了，但是我依然認得他，我告訴他自己是高職退休老師，臨別前我對他說：「老師，您慢走。」在回家的路上，我想著國小同學的名字，沈敬家、徐小玲、張愛瑩、吳肇麟、李中生、徐熊建、余金春、張國棟、吳坤藤、邱堅鑫、陳慧玲、周珣麗……

輯四　小女人看女人

一個平凡女人在成長、工作中從不同層面所接觸到的女人之後的反省與觀點……

老師，妳的胸部外擴

有一天，我正在教動名詞的用法，突然一個女同學大叫：「老師，妳胸部外擴！」臭小鬼，我在教動名詞的用法，她居然給我冒出這一句，我忘了當時自己的反應，好像是笑得跪在講台上。我們那個年代哪有啥外擴、集中、托高等名詞，那都是商人做生意的頭腦想出來的字眼。

打從高中起，我就為自己稍大的胸部感到懊惱，不，應該說從小學起就因為自己的胸部而有了駝背的壞習慣。國中時還曾被導師在升旗排隊時，從我背後重重捶了一下說：「小小年紀就駝背。」記得二十多年前在報上的副刊看到一篇〈解放胸罩〉的文章，我沒看文章的內容，但光看到「解放胸罩」一四個字，我就有一種被解放的感覺。因為身材發福後一直都穿有鋼絲的胸罩，希望把它給繃小一點，上課一整天回到家第一件事，一定是把它給脫掉，讓自己喘口氣、放輕鬆。

近年來，專家不都警告婦女少穿有鋼絲的胸罩，因為有可能帶來乳癌。腦筋動得快的商人們，得趕快想辦法設計出不讓女人穿了會得乳癌、更不會「己突」的內衣了。

可惜我退休了，否則下次我在教動名詞的用法時，學生再冒出：「老師，妳胸部外擴！」我會說：「對，對，對，老師胸部外擴的部分就是動名詞加ing的部分，Ok？」唉，這年頭當老師好難，除了胸部不能外擴，記得有一天我只出現在學校半天，第二天我又穿同一套衣服，一進教室，某位學生就叫：「老師，妳昨天沒洗澡！」（Miss Ruan, you didn't take a bath yesterday.）

老師，她把我吃了

未退休前的某個教師節當天，已畢業的志強跟心瑜約我出來，稱要請我吃牛排大餐，我便利用中午吃中飯時間與他們約在學校附近的一家平價牛排館。志強與心瑜在校時並不是班對，但畢業後卻考上同一所中部的大學，心瑜年紀比志強大，「心臟」也比較強，據說他們倆為了節省房租費，就租屋同住，這是時下年輕人最冠冕堂皇也最曖昧的藉口。反正他們都已經畢業了，不再是我的管轄地帶，教師節還記得回來看老師請吃牛排大餐，也算不枉費帶他們三年了。

趁心瑜去上洗手間時志強跟我抱怨：「阿阮，她都已經來過我家N次了，也跟我父母很熟了，老師，最重要的是她把我給「吃」了，但是很奇怪，她到現在還不許我到她家，也不讓她父母知道有我這個人的存在。」

心瑜在校時就是個遲到大王，經常下午第二節下課後就開始濃妝豔抹，被我數落後就翻白眼瞪人，有一次還跟班上另一個男同學在下課時間關在一間廁所裡抽菸，由於年齡比同班同學大一、二歲，每次段考前「佛腳」也抱得比較早，所以成績也總是名列前茅，但是都讓自己給男生「吃」了，還不准父母知道有這個男生的存在，是為了騎驢找馬嗎？還是要讓志強一直當她的自動提款機（automated teller machine）呢？

現在年輕女孩的心態不是我們這些LKK的人所能理解的，據我所知，雙方的家境都不錯，雖然兩個都是我的學生，反正一個願打，一個願挨，不過我還真想教志強一個片語，以後約會吃飯都跟心瑜說go Dutch（各付各的），看看她有何反應？

女孩，妳還欠我兩萬元

由於女兒要走藝術設計，大學術科考試前正好碰到學校辦理學生註冊的日子，學校規定班級註冊率達百分百才能有三天的假期，為了有這三天假期能陪同女兒參加術科考試，我替一個爸媽為原住民但已離婚的女學生墊了兩萬塊學費，電話那頭女學生的爸爸說：「老師，我可能過完年才能還妳錢喔！」當時心裡便覺得怪怪地，因為這個爸爸從頭到尾沒有說一個「謝」字，口氣也很冷淡，而我的目的也就是爭取三天的假期，也就沒想太多了。

開學後過了一陣子，我撥了電話給女學生的媽媽，問她何時方便還我錢，媽媽在電話那頭說：「老師，妳放心啦，我們不會賴帳的，我們芷萱說她好像欠了老師很多錢的樣子。」這個口氣讓我感覺到好像是她借錢有理，而我討錢無理的樣子。就這樣拖到快畢業了，我又撥電話給女學生的媽媽，媽媽在電話那頭說：「老師，我妹妹最近要結婚需要用錢，所以暫時還不能還妳錢。」也是一句「道歉」的話都沒有，所以我心裡有數，下次她的藉口我已經替她想好了：「老師，我家的狗要結紮，所以沒辦法還妳錢。」

果真畢業了，芷萱還有很多學分未補修，稱要先工作賺錢再來補修學分，有一天，同是天涯淪落人、也是一堆學分未補修的嘉利和芷萱一起回校，帶著一杯珍珠奶茶來看我，芷萱又稱工作不太穩定，賺錢不多，絕口不提那兩萬元的事，我注意到芷萱染了一頭金色的頭髮，穿著也很時髦，所以有錢打扮自己，卻沒錢還老師，不過看在她沒有「兩串蕉」而來，至少給了我一杯珍珠奶茶的份上，我那天也就沒對她提兩萬元的事，不過看來這也不完全是她自己的錯，絕對與她的家教有關。

雖然我退休了，我還是想教這個學生「誠信」二字，在老師未掛掉前，如果哪一天芷萱來還我錢，我可能因為她的舉動而退還她的錢，再回送她一雙我女兒設計的時髦短襪，忍不住再提醒妳：「女孩，妳還欠我兩萬元。」（Hey, girl. You still owe me 20 thousand dollars.）

小辣椒

Small Capsicum

我在書房看報紙找靈感，婆婆自己開了紅色鐵門、客廳大門，一路走進書房，手中拿著一袋青椒、一袋她剛買的豬肉片。「秀玲啊，這些給妳，後天是尾牙，這一萬塊給妳，過節要有過節的樣子，我來燉豬肉塊，妳去買酸菜、香菜、花生粉和割包。」

我前幾天才和外子逛大賣場，回來順便帶了一根日本山藥給公婆，公婆倆就住在離我住處一分鐘不到的路程。最近婆婆連續對我提了三個近日剛過世的人，一是我家對門李老師的太太，二是音樂大師李泰祥，三是民進黨的民主先鋒蔡同榮。婆婆知道我退休後在寫文章，前幾天又叫我把外子整理過的家譜用手抄給公公看，還說有些舊照片要整理一下。去年一個鄰居長輩過世，婆婆參加了他的告別式，收到了一本這位長輩的子女為他寫的紀念文章與照片集，我很清楚公婆現在的心情與想法，鄰居、老朋友一個個先後走了。

當我提筆寫這一篇文章時，我是在落淚的……二十九歲與同齡的外子結婚，雖然我結婚第三個月就懷孕，但在兒子尚未出生前的某天，外子開車，婆婆坐在他旁邊，我坐後座，外子已開了一小段路，他倆還在為到底是去陽明山或碧潭在爭吵，我沒有出聲，只坐在後座搖頭。記得婚禮結束那晚，婆婆還特地跑來我和外子住處提醒：「兩人要洗鴛鴦浴噢。」她會不會「交待」得太清楚了呢？

兒子出生後，白天由公婆照顧，雖然我當時還在任教，但堅持晚上自己照顧兒子，兒子四個月大時就因故在台大醫院動過手術，校長不准我辭導師，蠟燭兩頭燒，但也撐過了那一段痛苦期。兩年七個月後我又懷上女兒，女兒未滿兩歲時，左眼得了蜂窩性組織炎，在林口長庚醫院住了半個月，住院期間有時候我會和婆婆一起帶女兒回家給公公看，婆婆當年五十五、六歲，身強力壯，小女都由婆婆背回家。因一兒一女的成長過程都有這些「經歷」，所以我當媽當得很辛苦，一直都戰戰兢兢地，有一次在公婆家用餐，兩歲多的女兒在客廳跌倒，下巴撞到一塊磁鐵，當場血流如注，我嚇得只顧自己坐在地板上哭，婆婆見狀，對我說：「秀玲啊，妳要堅強啊，怎麼可以自己先哭……」

孩子長大後，我和外子依然上班，孩子也上學了，雖然不與公婆同膳了，但婆婆幾乎每天都會過來我住處幫我曬曬衣服，而且每回都會說：「秀玲啊，你曬衣服都不用頭腦，褲子要掛這邊，衣服要掛那邊……」我也聽得出來外子的話通常十句裡有七句是婆婆的意思，更有甚者，外子遺傳了婆婆碎碎唸的功夫，年輕時覺得自己很哀怨，有兩個婆婆，還曾因此出現婚姻危機，不過一切都過去了。婆婆五歲喪母，是由她嬸嬸帶大的，二十歲嫁給長她四歲的公公，我父親與公公是年輕時的鄰居朋友，聽父親敘述公公白手起家，一開始在信義路租房子開水電行，公公去當兵，婆婆懷上外子，父親說公公曾跟他說過，只怕他當兵回來後老婆已經跑了，沒想到公公退伍後，婆婆不但沒跑，還把生意經營得挺不錯。婆婆婚後三年連續產下三個兒子，到現在都遺憾沒能得一女。公婆經營水電行獲利後投資房產，生活無慮，至目前為止我的住家也是公婆給的，兩老就住在離我家不到一分鐘路程的兩層樓房子，房子後有一塊百來坪的地，婆婆打從孫子長大後就在那塊地裡學種菜，舉凡地瓜葉、小蕃茄、辣椒、南瓜、芋頭、茄子、菠菜、絲瓜、筍子甚至香蕉等，婆婆都自己製造有機肥，把果皮或爛掉的菜葉放在一個塑膠桶裡讓它腐敗、發酵再用來施肥。婆婆種的南瓜可以碩大到讓我驚豔，從不施灑農藥的地瓜葉也都沒啥蟲咬的跡象，那個菜園是婆婆的思樂園，那裡蘊含了婆婆的汗水、青春、健康與成就。

兩年前倒數跨年時，婆婆的二哥住在 101 後面十層樓獨棟住宅，邀我們去他家樓頂看煙火，只有外子、婆婆、嬸婆和我四人同行。其實我對看煙火沒啥興趣，外子的二舅、舅媽也很好客，與他們住一起的媳婦也準備了很多點心，炒米粉、熱騰騰的紅豆湯及二舅媽自己做的蘿蔔糕，舅舅的孫女也邀了一票同學前來看煙火，十層樓高的頂樓在十二月三十一日的最後一秒與元旦的第一秒交接的時刻，風冷颼颼地，我聽到年輕人的歡呼，也注意到大樓下人行道上、車道上阻塞的人群與車輛。把歡呼留給年輕人續攤，我和外子都是中年人了，就隨著婆婆、嬸婆、舅舅和舅媽一起進入客廳觀賞日本NHK的紅白大賽，舅舅拿起了麥克風興致大開地跟著唱和，舅媽看著眯了眼睛靠在沙發上休息的婆婆說了一句：「小辣椒凍未條啊，在睏了。」是的，婆婆、舅媽與嬸婆甚至我那八十六歲失智的老母都是一群小辣椒，她們都只有接受日本小學教育，憑著吃苦耐勞、勤儉持家、嫁雞隨雞與相夫教子的精神與態度，成就了一家的溫飽，甚至累積了財富，也讓子女受到很好的教育。

我幾乎是不吃辣椒的人，但是我知道有人用辣椒泡水做成驅蟲劑，聽說還挺管用地，我也知道很多人在寒冬裡吃麻辣火鍋驅寒。今年是馬年，生肖屬馬者犯太歲，所以日前外子特別休了一天假，帶婆婆與我三人同行到指南宮安太歲，我們在宮裡的亭園裡享用服務人員提供的茶點，還特地照了幾張相片。在回程時，外子堅持爬一小段樓梯可以更省路，婆婆卻斬釘截鐵地說她心臟動過手術不想爬樓梯，寧可往下坡走稍長的路，他倆又在僵持不下了，這不是二十五年前的畫面重演嗎？他倆的個性未改，但是二十五年後我改了，我不再搖頭沉默，我選擇站在婆婆這一邊，讓外子就婆婆的意往下坡走。其實依婆婆的健康與體力，她絕對可以爬得了那一小段樓梯，但是她心底的話卻是：「我想多活幾年。」回家後外子PO在電腦上的相片中，其中一張是一個二十來歲的小伙子替我們三人照的，我注意到了外子站在中間，左手掌緊抓著婆婆的右手掌，而外子的右手搭在我較遠的右肩，這一張照片傳達的意思是：「妳們兩人都是我深愛的女人。」

也許年輕的時候我犧牲了什麼，但是當我們在A處失去了什麼的時候，總要想辦法在B處得到什麼，所以我從外子和婆婆常堅持己見以及愛碎碎唸的個性裡有了自己與兒子的相處之道。當兒子要在客廳的跑步機上跑步時，兒子說：「媽，我要跑步，護膝。」我會回：「是的，國王。」當兒子交待下班以前不許打電話給他，我一定聽話。兒子大一時要帥，一邊耳朵戴夾式的鑽石耳環，我覺得也不錯看，沒有反對他，但是有一天兒子跟我說他要去穿耳洞，我立刻大叫：「不許，只准用夾的。」兒子也就沒去穿耳洞了。大學一畢業，兒子也說他要去刺青，我又大聲說：「你敢，給我試試看！」兒子也就沒去刺青了。兒子高中時，有一位國中跟他要好的男同學過生日，兒子多買了一張陶喆演唱會的票邀同學一起去，同學嫌太貴了不好意思，因而婉拒。我要求跟兒子一起去，兒子回：「我考慮、考慮。」我就撒嬌地說：「拜託啦，媽媽穿年輕一點假裝你的女朋友嘛！」於是那晚我就穿了一套牛仔裝與兒子前去觀賞生平唯一一次的現場演唱會，不但陶喆的音樂好聽，更讓我意外的是兒子的「熱情」比媽媽青出於藍而勝於藍。那晚有一點毛毛雨，我和兒子都穿著輕便雨衣，兒子不但要求我站起來跟著陶喆的音樂拍手，還往後頭瞧說：「媽，你看那一票人一點都不熱情，都不會站起來耶！」陶喆老弟，我兒子現在也走音樂，有機會罩他一把吧！婆婆是小辣椒，而我自忖也是另一種有同樣功能卻不嗆的「糯米椒」。

我看女人抽菸

由於在私立高職任教，學生下課時在廁所或陽台抽菸被教官逮到是司空見慣的事，對於男學生我是懶得管他們了。而對女孩，我總是看不慣又苦口婆心地勸她們，為了自己的身體，為了優生學可不可以戒菸呢？當然，聽得進我的話的孩子不會太多，都得等到她們實際出狀況時才會明白。

近日，我在報上看到一段有關女人抽菸的訊息，稱女人戒菸比男人戒菸難，我沒有清楚看內容與原因，我只知道馬克吐溫說：「戒菸很容易啊，我已經戒了七次。」我也曾經對著男女合班的學生說：「抽菸很容易啊，我只是不屑抽。」每次從泡沫紅茶店看到抽菸的女孩或女人，我總是搖搖頭快速地走過去。

記得兒子唸高中時，我曾問他：「阿澈，你會不會抽菸呢？」兒子很老實地回：「媽，我可能會因為好奇而抽一、兩次，但是我不會浪費錢……」所以兒子高中、大學都沒抽過菸的紀錄，只有在大五（故意延畢一科古典吉他）時，正值台北國際花博展覽，他被錄取為解說人員。有一晚，我翻了他的包包，發現裡面有一包香菸，我沒有太緊張，只問他一天抽幾根？他說：「沒辦法，同事都在抽，我不抽好像我很清高又沒種（男孩最經不起人家說他沒種）。」兒子說他每天至多抽兩根，我沒罵他。又過了一陣子，我對兒子說：「阿澈，很多好女孩都不喜歡會抽菸的男孩耶。」兒子說：「喔，我知道了。」兒子離開花博工作，當兵退伍後，在愛爾達體育台擔任文案設計工作一年，也沒再瞧見他有抽菸的記錄，現在又走音樂的路，練琴都來不及了，哪有時間抽菸呢？男人、女人們，戒菸吧！（Stop smoking, men and women, please.）

假娃娃

A Fake Doll

有一年學校廣設科新來了一位年輕貌美的女老師，由於自己對藝術有份偏好，女兒也從小學畫畫，某天我便主動與這位女老師攀談，得知她與小女一樣從小接受音樂與美術雙向薰陶，到大學才專攻藝術設計。她有著瓊瑤式的名字（雖然我不是很喜歡）且氣質與談吐優雅，最特別的是她似乎不太怕冷，即使天氣涼了，她也總是一襲短袖洋裝，而且衣服質地看起來頗好的。

她於師大美術系研究所畢業後到澳洲攻讀博士學位，只唸了一年就返台工作，她曾告訴我會再去澳洲唸完博士學位，我因為女兒的關係，經常碰到她就會請教她一些與藝術系有關的升學管道。我也曾跟她提過小女自小學畫，個性不喜歡受束縛，常有自己的意見，這位女老師回我說：「老師，沒關係，走藝術要有主觀性，是好事。」我想她的話也對，所謂主觀性不就是「堅持」二字嘛。我也曾跟她說小女個性雖然有些龜毛，但是對同學很大方，還曾要借同學三萬元買摩托車，她回說：「當然，當然，那也要她的原生家庭許可。」

退休後，某日主任打電話關心我，我問起這位女老師的近況，主任卻在電話中回我說：「她是個假娃娃，因為挪用科裡的公款被發現而離職轉任他校了，更沒有出國繼續攻讀學位。」與主任通完電話後，我心裡涼了大半截，好一個假娃娃啊！雖然我有些不解，與她的認識也只是在校的幾次談話而已，但是想來也許有跡可尋，因為有幾次回家的路上在捷運站碰到她時，她總是對我點個頭便快速遠離，也許是怕在「真人」面前露出相吧！美麗的L老師，不管妳現在在何處，請讓那些曾經在妳身上逗留過很久很久的音符與色彩換回妳的「真」吧！

玩貓捉老鼠的女人

由於退休前在私立高職任教英文，學生英文程度不佳不在話下，每次段考前，我總是會找一天在課堂上大叫一聲：「畫重點囉！」看到學生們認真、在乎的模樣，覺得真是可愛極了。他們之所以考進私校高職，無非就是不用功，不能掌握唸書技巧，但是他們進入職校後所學的專業科目超多，段考要考的東西也很多，如果每位任課老師都本位主義地認為自己的科目最重要，考不好就要罰抄寫幾十遍（我從不幹這種事，君不知浪費多少資源嗎？），大多數學生只有在面對多且難的考試內容之下才會放棄它，所以我經常會在段考前光明正大地「洩題」。例如：考二十個單字，我就會抄寫包括必考的二十個單字在內的三十個單字在黑板上，讓學生覺得老師言出必行（I will keep my promise.）罩他們一把又如何？看到學生們拿到一百分、九十分的考卷時，他們快樂，我也覺得安慰，當然還是有部分學生會放棄而猜題，即便是選擇題，他們都可以很天兵地寫 A.A.A.A.A. 或 B.B.B.B.B. 而拿到個位數或十來分，雖然你明知他在亂猜，就當作他是在撿地上的零錢吧！不努力的人不會有豐盈的收穫，只有撿零錢的份而已。

多年前曾經有一位女學生向我反應，某位長得時髦又漂亮約三十來歲的未婚專業科目女老師，每次段考前都幫學生畫一大堆重點，結果考出來的題目沒有幾題是她畫的重點題，我只好回答學生：「喔，這個邏輯老師沒學過，她可能愛玩貓捉老鼠的遊戲吧！」其實還真有部分老師的心態很奇怪，覺得出一張把學生考倒的考卷才能顯現自己的能耐，這是教學目標的本質嗎？老師要懂得因材施教，高職生要學的專業科目很多，他們本身又不太懂得讀書技巧，所以任課老師不要太本位主義了。

一六七與弟弟、弟媳吃過飯

小弟在三十五歲時與三十三歲的弟媳結婚，婚前我曾介紹自己任職學校裡的一位國文老師與弟弟認識，這位國文老師很中意我小弟，另一位女同事也在一旁替這位國文老師加油，要她積極主動，但畢竟是女孩子，她回了這位女同事說：「不要急啦，水到渠成。」我獲知後告訴小弟要主動出擊，小弟稱其實對這位國文老師印象也不錯，但是三十五歲的男人可能缺少了一點年輕人的激情，兩個星期之後小弟又撥了電話邀這位國文老師出遊約會，電話那頭女國文老師卻說：「其實我沒有這個意思，謝謝你的邀請了。」小弟一頭霧水，我問了那位熱心的女同事之後，才知女國文老師的母親對她說：「都是同事，萬一不成會很沒面子的。」小弟也就因此作罷了。

三十五歲的男人對女孩子而言可能有著一份成熟、穩重的魅力，緣分來了擋都擋不住，又有朋友介紹了一位女孩給小弟認識，小弟也是一副被動的樣子，當時我們家人都稱這位小姐為一六七，因為她的身高正是167公分，小弟大概 也就是這種身高吧，但最後又因為小弟不積極的個性無疾而終。過了一段時日，又有朋友介紹另一位姑娘給小弟認識，某天這位姑娘自己跟小弟說：「你大概不喜歡我這種女孩，我介紹我的朋友給你認識好了。」這個女孩的朋友終於成了我的弟媳。

弟媳是留美電腦碩士，小弟是國內碩士，兩人育有一獨生女，去年會考錄取新竹女中，姪女自小喜愛閱讀課外書籍，擅長多項運動，去年一月還與另兩位同學共同榮獲年紀最輕的國際科展工程科四等獎，小學五年級時榮獲新竹縣作文比賽第一名，小學要畢業時，這個姪女自己看著網路上的韓國舞曲《Sorry, Sorry》學會後再教一群同學跳，並在畢業典禮上表演。小學畢業前姪女已看完金庸小說全套，有一天我對姪女說：「三姑姑家有很多書，妳自己來挑幾本拿回去看。」沒想到她一進我家劈頭就問：

「三姑姑，妳家有沒有《資治通鑑》？」哇靠，三姑姑只知道《資治通鑑》是北宋司馬光所編載的，她小學還沒畢業就想看會不會跑太快了？皮仔妞（姪女的綽號），三姑姑剛學爬格子，未成名前，請妳「稍安勿躁」了！

有一天弟弟全家從新竹回台北，我不經意且小聲地問小弟：「一六七近況如何？」沒想到弟媳聽到了大聲地說：「三姊，不用那麼神祕了，我們都跟她吃過飯了。」原來一六七很上進，從三專再唸大學、研究所，又在加拿大拿到會計師執照，不過至今尚未結婚。所以男、女之間當不成夫妻，也可以彼此當個好朋友。就是應了那句話：「你雖然不是我的夢，但我們是好朋友。」（You are not one of my dreams, but we are good friends.）

俠醫林杰樑遺孀譚敦慈

二〇一三年夏天，一向為台灣食品安全問題把關的毒物專家——「俠醫」林杰樑驟逝，消息傳來，大家除了震驚，更擔心此後台灣再也沒有像他這樣敢仗義執言的好醫生了，然而跟著他做了二十多年相關研究的妻子譚敦慈日前正式宣布要當先生的接班人，完成丈夫的遺志。譚敦慈說：「不向悲傷投降，承擔保衛食安的遺志。」她說林杰樑生前說過毒物科不分藍綠，林杰樑生前也曾開玩笑說過，當人中毒時，人的臉色會先綠後藍，中毒會使人又藍又綠。雖然是玩笑話，我們也可以解釋為「話中有話」。

食安問題攸關國人健康，從塑化劑、黑心油、毒澱粉、胖達人等黑心食品，幾十年來國人就像傻子一樣花錢買「毒」吃，真是毒樂樂不如眾毒樂。政府久久不敢修法，財團利益勝於國人健康，而這些財團一定橫跨藍綠，好在有譚敦慈敢站在第一線呼籲，叫政府不要當無牙貓，現在終於有了一些成果。

但是人們的記憶是很短暫的，即使立法重處也會有人鑽法律漏洞，有人貪小便宜，黑心商人也會一直存在，只有社會不斷有一批人在為食品的安全把關，國人的健康才會「食在安心」。

自從知道吸管裡含鉛以後，我都叫兒女不要用吸管喝飲料，我更告訴賣柳橙汁的老板捨棄吸管更節省成本呢！譚敦慈加油了，有為者亦若是，妳是台灣社會的女食品悍衛戰士（The Female Food Fighter）！

記得要擦口紅

Remember to Apply the Lipstick to Your Lips

很久以前的事了，有一位教國文的女同事，三十六、七歲上下，育有二子，小孩也都小一、小二了，先生是台大碩士畢業，學校詩歌朗誦也都由她和另一位女國文老師指導，屢屢獲獎。儘管她的臉滿是長過青春痘留下來坑坑洞洞的疤痕，但是她每天都精心打扮，穿著時髦，所以一直散發著十足的女人味。

有一天，她一大早進入辦公室就大叫：「哎呀，昨天傍晚倒垃圾的時候好糗噢，居然碰到我前任男友，我穿得邋哩邋遢，更要命的是，我沒有擦口紅……」原來女為悅己者容，這「悅己者」還得包括先生、前男友、前前男友等。

不，結了婚的女人不一定會為她的先生特別妝扮，就像我一樣，生了一兒一女後，身材就走樣，而且體重一直比外子重。有一天，外子對我說：「反正妳都已經是我老婆了，體重再重我也無所謂啦！」好委曲他喔！而且外子從不介意把我帶給他的朋友認識，我只能說我是個幸福的女人，不過退休後我已經「改邪歸正」，體重減輕了許多。而且我偶而會對外子說：「爸爸，哪一天你有外遇，我就解脫了。」外子總是瞪我一眼而不答。

女人們，不要只為妳的前任男友擦口紅，應該為妳的先生擦口紅才更務實！但是我更想顛覆傳統觀念，女為悅己而容（To make up to please yourself.）。唉，女人總希望她的舊情人永遠記住她年輕貌美的一面，人同此心，心同此理，我想男士們一定也希望他的舊情人只記住他年輕瀟灑的模樣吧！

她是來自韓國的大學生，她蹲著用韓文為我禱告

今早我七點多起床時，女兒也起床梳洗趕著八點以前出門上班，我替女兒買了她欽點的玉米濃湯當早餐，兒子還在睡覺，我便逕自出門了。今天必須去馬偕醫院抽血，因為下星期二晚上要掛門診看驗血報告，這是我五年前罹患肥胖型糖尿病以來每隔兩個月所例行要做的事。去年夏天大病期間，我在飲食、運動及藥物三重控制之下甩肉二十多公斤。大病痊癒後，血糖也控制得很理想，甚至好跟壞的膽固醇也都正常，所以今天我懷抱著輕鬆的心情前去驗血。我從機器裡抽出「145」的號碼單，覺得這數字還不賴，因為年初四、初五我買了幾張大樂透，中了四百元，買了刮刮樂又連中五百、三百、一百及一千二等，彷彿財神爺在對我招手，但是我謹記

老爸生前的教誨「做人不要太貪」，便就此打住，今天不再玩數字遊戲了。

看著排隊驗血的燈號閃出「67」，我便到一樓的商店買了一份報紙坐下來關心國家大事以及尋找靈感，有兩位在一旁推銷的婦人遞來黑棗乾、五穀粉、抹茶給我品嚐，我道了聲「謝謝」，沒想到她們繼續進貨與續杯，我是那種吃了人家東西沒掏出錢來買便覺得對不起人的女人。這時我又聽見前頭傳福音的人在唱歌，而且我身旁出現了一個約莫十來歲的男孩手拿著裝滿了糖果的竹籃，他一路走來把糖果一一分送給大家，我拿了一粒棉花糖並問他是哪個單位，男孩用手指向那些在傳福音唱歌的人，我也注意到男孩無袖背心上寫著「永光教會」四個字。

我收拾了東西，迅速買了兩罐黑棗乾、一罐杏桃乾及一罐無花果乾，我拿了一千元給婦人，但並無注意她找了我多少錢。我右手拿著包包，左手提著那一袋剛買來的乾果，迅速地被傳福音的歌聲所吸引而趨前，他們二女四男各拿著麥克風唱著我聽不大清楚的歌詞，在他們的背後有清楚的影像打出歌詞來，但是我更願意捨棄歌詞，用心、用眼，觀他、聽他們唱出來的「福音」。我就這樣站著、聽著，兩行眼淚直掉，那二女四男中的其中一個女孩瞧見我，走了過來跟我握手，我計算輪到我驗血的時間已快到，便走上二樓去抽血。

抽完血後我又立刻回到一樓坐下來繼續聽他們唱出的福音，這時一位牧師走到中間說了一段「牧師的話」，還說今天有幾位韓國大學生自費來台傳福音，需要他們為你禱告的人可以舉手，我沒有舉手，但是我的右手壓著左手捲起的袖子，露出貼著棉花的注射針口，兩行淚水像水龍頭全開似地湧出來，一位穿著韓國傳統服裝的女孩走向我並蹲下來，我問她：「Can you speak English?」她搖頭，但是開始用我聽不懂的韓文為我禱告，她的禱告詞說得愈快，她的淚與我的淚飆得愈猛，最後我們互相擁抱，我對她說：「Thank you, I love you .」她同時送給我一張小卡片，外面寫著「Pray for you」，打開來一看，左側寫著我看不懂的韓文，右側寫著「你好，我是來自韓國的大學生，名字叫 Mino，我很高興來到這兒，我祝你健康，耶穌真的好愛你！我希望你也見到耶穌，新年快樂！」我知道有人為我們拍了照，我不必刻意去取得這張照片，但這個畫面會永遠牢記在我的腦袋與心裡，雖然我討厭韓國人經常在各種國際運動賽裡的野蠻霸道行為，甚至把孔子都說成是韓國人，此刻我想孔子應該很上道，不介意自己有雙重國籍吧！我感覺到的就是一句話：「福音無國界」。

在我整理自己的情緒時，身旁的一位婦人先開口跟我說話，我又告訴她我拜佛，但是我經常看基督教的《真情部落格》節目，婦人回說她從前也拜佛，但是佛祖沒帶給她平安與快樂，於是她信了耶穌，只有耶穌是神，關公、慈濟都是人，為什麼要相信人呢？她又說她和先生離婚了，但是自己很後悔。我告訴她我拜佛的時候都祈求佛祖保佑我自己的家人以及婆家、娘家全體人員，甚至對我有恩的師長身心健康，婦人回：「妳太累了。」並用食指對著天花板說：「上帝，是你答應我的，要照顧我一輩子唷。」徹徹底底是一種威脅的口吻，不知道她從前是否也是這樣威脅佛祖的，到底是她遺棄佛祖，還是佛祖說：「小姐，我罩不住妳，另請高明吧。」

婦人住在美國很久，所以言談間不時夾雜著英文，還告訴我一句據說是某名人的話：「Did you see the wind? But it's there.」我很想告訴她，我不但看見風，感覺風，更與風做朋友呢！滿地的落葉是風的傑作，街上小姐們飛起的裙角是頑皮的風，當你爬到半山腰正汗流浹背時，吹來一股體貼的風，讓你拉緊衣領是教你堅忍不拔的寒風，你家的電罷工了，卻可以讓你躺在床上聽交響樂的颱風，如果你有幸更可以看到那神乎奇技的龍捲風。我應該告訴那位婦人：「The wind is everywhere and it can be your friend.」我也很想告訴她，于斌主教生前說過，天主教教徒允許拿香祭拜祖先，宗教家不可互相批評，不過我知道話不必講太多，凡事只有一個「悟」字了得。我很平安地跟著福音哼唱「愛是恆久忍耐又有恩慈，愛是不嫉妒，不計算人家的惡……」去年夏天我從大病、養病到痊癒，我在山上虔誠拜佛，但是也有很多人不但教我健康之道，更誠心地對我說：「上帝祝福妳。」今生今世我樂意當個多神論者！（I am happy to be a polytheist in my life.）

祝胡婷婷因禍得福

A Blessing in Disguise.

其實早在台中市長胡志強的女兒胡婷婷與 Soler 成員 Julio 閃婚時，我就不看好這一段異國婚姻。雖然胡婷婷喝過洋墨水，也在好萊塢闖蕩過，返台後又因獨立有個性而力排眾議首度接下台灣八點檔的戲劇節目《姊妹》，成功詮釋一個沒有主見的女人嫁給一個又摳又嘮叨的男人，卻生下一個先天耳聾的女兒，遭到婆婆的不滿，為了全心照顧女兒，她不敢再懷第二胎，接著又有惡女趁虛而入設計了她的先生而登堂入室，後來終於出現了她生命中的真愛。

人生如戲，雖然胡婷婷的個性與她的婚姻一開始並不同於《姊妹》中的角色，但是卻同樣遭受了挫折。我要恭喜妳的是妳的挫折遠比劇中的角色來得快且「乾淨俐落」，正因為妳沒有替他生下一男半女，絕不會剪不斷理還亂，妳大可以「快刀斬亂麻」，我不需要知道你們分開的原因與細節，但是妳展現出來的器度的確值得喝采，幸福（blessing）與因禍得福（blessing in disguise）兩者都是上天的賜福，而人生真正的精彩通常是來自千錘百鍊的沉澱。

胡婷婷，大姊我第一眼在銀幕上看到妳時覺得妳像極了卡通漫畫裡花木蘭的臉蛋，也許在台灣人眼中妳不算是美女，但是妳的那一張臉卻是外國人眼中標準的中國單鳳眼美女，妳有疼愛妳的父母親，維持妳的天真與堅持的相信，這一回只是妳人生中的一次角色被老天 NG 掉，下一回的角色妳一定可以更有智慧、更洗鍊地詮釋它！

東方不敗——張清芳

華語樂壇天后級女歌手及電視與廣播節目主持人張清芳，一九八〇年代以學生歌手走紅而登上顛峰，曾拿過兩座金曲獎、一座金鼎獎，號稱三金歌后，感情歷經波折後，三十九歲嫁入豪門並順利產下一子。在二〇〇二年第四十八屆金鐘獎頒獎典禮時擔任表演嘉賓，演唱經典戲劇曲目，典禮前與搭擋林宥嘉彩排五次，沒想到表演完卻遭人批走音，因而心魔難除感到沮喪，自此她拒絕再在任何典禮中演唱了。

這件事令我想起了在執教鞭的歲月中曾經發生的一件事。某年，我曾答應學校指導學生參加北市公私立高職英語話劇比賽，劇本都寫好了，學生也開始演練了，有一天卻突然被叫去開幹部會議，教學組長說他們已經高三了，功課為重，不想讓學生參加比賽。哇靠，她是教學組長耶，承辦比賽的人是她，而且教育局規定每個學校都要參加，她理當感謝我才對，居然用這個藉口想中斷我們的努力。其實跟她親近的一位同仁曾對我說過：「不要太認真，別人會眼紅。」我很想擺明對她說：「大姊，我對妳那個職位一點興趣都沒有。」離開會議室，我兩腳狠狠地踹了電梯門，正好被警衛伯伯瞧見，隔日，校長又讓我去參加幹部會議解釋我的行為，我一開口就說：「我最近身體不太好，醫生開了藥給我吃，我回去問醫生到底開了啥藥，讓我有這種情緒反應，我還是會繼續指導學生參加比賽，請大家給我一個愛的鼓勵吧！」於是我們不但參加了比賽，還拿了優勝獎。

張清芳，妳不是答應阿姑周遊下回一定會演唱她製作的戲劇主題曲嗎？這個世界也許不容許人有一次的錯誤，但是，妳自己必須學會在跌倒之後帶著疼痛立刻再站起來。下次如果有人批評妳走音，妳可以說：「我臨時興起改編了幾個音，因為好久沒創作了，下次我一定忠於原唱。」這叫作「用幽默向逆境挑戰」（To challenge yourself with a sense of humor.）。東方不敗阿芳，我好想再聽妳唱的那一首：「在生活中邂逅的事情是誰也說不定……我還年輕，心情還不定，難接受你的情，只好告訴你我早已經給了別人我的心……」希望還能再在重要的典禮上聽到妳的響亮歌聲，不要忘了妳是……東方不敗，張清芳！

另類的第一夫人周美青

美青姐，我必須說您實在是心不甘情不願地當了兩任中華民國的第一夫人。從當上第一夫人之後搭公車上班的「為不擾民而擾民」的作風，和在職與不在職的掙扎都叫國人「驚豔」。建國一百年國慶大典上您居然可以瞪了馬總統一眼，且說了一句「有水了還要拿。」二〇一二年五月二十日馬英九宣誓就職中華民國第十三任總統，因為馬總統只顧自己往前走讓您不高興，您也就脫口說了：「很奇怪耶你，可不可以等我。」雖然您的舉動讓國人覺得馬總統有「PTT」一族的印象，不過您率真、不做作的個性小妹我給您按讚啦！

但是二〇一一年國慶大典上您舊衣新穿，二度穿上台灣設計師吳季剛（Jason Wu）設計贈送的深棕色緞面小禮服，關於這一點小妹我可就要提醒您了，您是第一夫人，一舉一動都受國人關注，您的穿著品味極可能會帶動台灣婦女跟風。小妹我未退休前只是一名高職英文老師，我卻經常穿新衣服，除了讓自己開心，也讓學生有新鮮感。

小妹了解您想讓國人對您留下「不奢華」的第一夫人印象，但是促進消費也是另一種拼經濟的方式，在比較不正式的場合，如您去看棒球大賽穿T恤或牛仔裝，我們會覺得很得體又親民。但是在國家重要慶典上您舊衣新穿，會讓國人覺得台灣經濟真是悶到家了，連第一夫人都這麼省了，小老百姓又如何促進消費呢？您不必像那位貪得無厭又珠光寶氣的前第一夫人一樣，但是我們願意看到穿著體面又不失個性的第一夫人出現在國家重要慶典與國宴上。當馬總統一生清廉卻換來如此的低民調時，我看到了您為小朋友說：「你們還有很長的一生，可能會遇到挫折、失敗與痛苦……」小妹我可以感同身受馬總統與您所遭受的挫折、失敗與痛苦，但是語云：「德不孤必有鄰（A moral man will have many company.）。」很多已攤在陽光下的事，大家都心知肚明，在馬總統任期內您就大方地做自己的第一夫人，相信您一定是空前絕後的第一夫人了（You must be First Lady one of a kind.）。美青姊曾說馬總統絕不是個體貼的人，但據媒體報導，馬總統擔任部長時曾去福利社買過衛生棉（sanitary napkin），光這一點就勝過很多男人了。

小妹我建議您下一次重要慶典時不妨嚐試帶一點中國風的禮服，但絕不是旗袍，恕我直言，因為旗袍與您個性不搭，且您的身材稍扁了一點，若是穿著改良式中國風禮服，一定別有一番風味囉！

漸凍人陳宏的妻子劉學慧

堅持靠「眨眼」寫書的漸凍人陳宏於一〇三年三月八日清晨，因呼吸衰竭病逝於北市聯合醫院，享年八十三歲。他十二年來用眨眼書寫三十五萬字，共七本書，是金氏世界紀錄用眼書寫及出版最多字的保持人*。陳宏在一九九九年被發現罹患運動神經元退化症，也就是俗稱的「漸凍人」，隨著病況的惡化，從無法說話、書寫到只能藉著眼睛轉動與外界溝通，他要太太劉學慧用手指注音符號、他眨眼示意的方式，一個字、一個字寫下文章，他藉著寫作記述自己在病床上對生命的頓悟。

無庸置疑的，陳宏是一個「生命的勇士」，十多年來長住醫院，在病榻上以眨眼示意注音符號，再由妻子劉學慧數著先生的眨眼次數，拼出一字一句，再以電腦打字印出。如果沒有如此鶼鰈情深的妻子長年不眠不休地隨侍在側，今天就沒有生命鬥士陳宏的著作，更因為寫作是陳宏生存的動機，如果沒有了寫作的動機，也許陳宏早就離開人世了。

語云：「貧賤夫妻百世哀。」又云：「病榻床前無孝子。」世間很多夫婦可以共享福，卻不可以共患難，很多人在另一半潦倒、生病的時候拋家棄子，也有很多長期照顧病患的人在病人未過世之前自己就累垮了。陳宏可以在病榻上寫作長達十二年且一直保持樂觀的態度，是一種奇蹟，而劉學慧能如此堅忍且成就了陳宏，更是一種奇蹟與上天所賜的恩典。

勇哉！生命勇士陳宏，偉哉！生命勇士的支柱（The support of the Life Brave）劉學慧！

台灣的曾楷雯與李孟婷

楷雯是我六月中旬到維多利亞探望老姊所認識的新銳畫家，英文名字叫 Hannah。據楷雯母親口述，女兒因出生時難產，由機器吸出而導致腦部受傷，造成她從小感覺統合障礙、沒有邏輯概念與方向感，經常在人前畏縮或無法控制情緒，亦即醫學上所稱的自閉症。當同年齡的孩子已能說長串的句子時，楷雯僅能以單字表達意思與人溝通，甚至到十歲大時都無法做跳躍的動作。母親玉連女士為了能多花時間全心照顧楷雯，直到女兒六歲大才懷第二胎，玉連不但沒有放棄老天爺磨鍊她的第一個孩子，反而竭盡所能地帶領她參加各種活動，以擴大女兒的生活圈，幫助她接近人群，甚至享受到比普通孩子更多、更廣的學習空間，以開發其大腦與視野。

作者與楷雯於一〇三年九月於阿波羅畫廊合影。

四歲大時，玉連就讓楷雯在信誼基金會學習各種活動，也讓她在台大醫院接受醫生的治療。老天因為無法眷顧每一個人，所以創造了母親，在母愛的滋潤下，楷雯在身心方面皆有了明顯的成長，玉連即便有了楷雯的弟弟，仍然沒有停止對女兒的極力照顧與栽培，總希望女兒能夠更成長、成熟，甚至有朝一日有照顧自己的能力。因此楷雯在十二歲時，母親便讓她拜師野獸派畫室鐘德海及其他老師習畫，為了能更瞭解這個領域，玉連也開始習畫，從最基礎的素描、水彩、粉彩畫到油畫、壓克力畫、多媒材等，不但成就了女兒，自己也培養了相當的藝術鑑賞能力與創作力。正如同中國大陸患唐氏症的交響樂指揮家舟舟的故事一樣，終於楷雯在二十歲時舉辦了她生平第一次的畫展，迄今十一年來楷雯創作不斷，於國內、加拿大與日本皆舉辦了成功的畫展，除了去年九月在阿波羅畫廊舉辦畫展外，更於十月初在天母花語葉的茶創藝閣與同是野獸派畫室的畫友李孟庭、郭淑珍三人聯手舉辦公益畫展，在此次公益畫展中，另有一則感人的故事。

孟庭女士原是一位家庭和樂且兩個孩子健康開朗的母親，未料在二〇〇九年發現左眼罹患罕見的蝶竇癌，霎那間生活失去軌道，因而意志消沉，所幸在家人的關照與陪伴下，配合醫生的治療，度過兩年平安的日子，但二〇一一年孟庭女士眼癌復發，除了再度積極接受醫生治療外，更體悟人事與生命的無常，她思索人生的真正意義與價值何在？也許孟庭女士在多年習畫當中，藉由藝術找到了答案，生命沒有永恆，故事卻可以流傳，於是興起了開公益畫展的興頭，內心的想法是何不藉著自己的能力為社會做一些事，既可以幫助別人又可以鼓勵周遭的病友，於是楷雯的母親玉連在萬分

作者於一〇三年十月在天母花語葉茶創藝聞舉辦公益畫展的畫家好友李孟婷（左）留影於貓空龍門客棧。

肯定與認同孟庭的想法下，熱心地走訪策畫，而同樣熱心的林淄瑪女士更義務提供其在天母忠誠路上所開設的花語葉茶創藝聞空間作為展覽場地，且順利地義賣了一筆不少的善款，幫助了第一社會福利基金會的心智障礙者。

楷雯也許現在對某些事物依然沒有邏輯概念，依然不擅言詞與應對，卻是個沒有心機和善的大女孩，更是一個天才型的畫家；孟庭也許失去了美麗的外觀與左眼的功能，但是孟庭的畫也同樣令人激賞與感動。沒有大病痛人生就沒有深刻的體悟，原來老天給我們的病痛與磨難是為了成就更堅強的自我。玉連、孟庭、楷雯和湽瑪她們現在都是我的好朋友，希望讀者可以藉由她們的故事感受溫暖與獲得啟發，相信老天也會賜給她們更多的靈感與福報，同時希望現在正遭受病痛與有相同故事的朋友，要正向思考且積極面對人生，並以此文向那些家中有心智障礙的家長們獻上無限的敬意與鼓舞。

輯五　走八方的路寫下的文字

想寫一些新詩，但是前輩們的新詩好冗長啊，我學不來，唯一記得住的是余光中大師的〈與永恆拔河〉，又想起了已故巨星張國榮唱的：「在這城市之中，有遊戲規則需要閱讀，這個不要做，那個不能說……我緊緊抓住風的腳步，就這樣我喜歡走八方的路」，於是有了這一篇屬於我自己的文字囉！

兒子的誕生*

只因那瓊漿玉液穿越隧道進入阿房宮裡物化成你！
只因你窩在那裝滿了維他命A、B、C、D、E的阿房宮裡賴皮！
只因你一天天地碩大，且用那小手與小腳傳遞了訊息：
「雖然我眷戀這充滿了溫馨與愛的假期，但我一定會出現在用科學方程式算出來的黃道吉時裡讓妳驚喜！」

*兒子正是在預產期當天誕生的。

女兒的誕生*

只因妳不對號入座讓我與華陀有了約會！
怎奈那七人小組一起吞雲吐霧入肺，
我只好做了拿手的竹筍炒肉絲放在他們的小屁屁上
加猛火候再熗！
華陀說：「怪哉！她只聞其聲，未享其味便乖乖地
對號入座，讓我們取消約會，
耐心等待她自己出來面會！」
黃道吉日時，妳的爹的娘說妳今天一定會結束羅馬
假期與家人相會，
於是我們進了長庚機場在候機室裡休息，等待妳與
我們擁抱相對！
從黑夜到黎明，芝麻一直不開門，爹與娘只好離開
機場返家，

四眼無奈跟妳說下次再會！

我拖著沉重的行李一階又一階地爬上坡去朝聖，

老天保佑妳早日結束羅馬假期返鄉歸回！

日出日落又一個星期，妳終於在晚間十一時發出了讓我確定的訊息：「我被那竹筍炒肉絲的聲音所干擾而延誤了歸期，請在凌晨一點芝麻開門時準時來接機，我在這假期裡享受了美食、風景與驚奇，但同時也懂了人一出便有許挑戰等我去面對！」

---

*女兒一直胎位不正，第三十八週時與主治醫生約好剖腹生產，前兩天七位學生抽菸被教官逮到，我揍了每個同學屁股五大板，結果女兒在我肚子裡被驚嚇到整個人倒轉過來，胎位變正，醫生驚喜之餘讓我等待自然生產。預產期當天婆婆說我肚子已下垂，晚上外子送我到長庚醫院待產，爬了一個多鐘頭樓梯仍未見出生現象，返家後爬了一星期住家附近的山，在晚間十一時出現陣痛，到長庚醫院後在凌晨一點女兒終於誕生。

我的石頭掉了！

你又做怪，你又在做怪！
兩年前華陀才幫我把你給甩掉！
今夏你又故態復萌，讓我覺得有點兒詭吊！
華陀說：「喝水，喝它三個禮拜！」
你很倔強，三個禮拜要掉不掉，卻落在膀胱一個低音譜表！
華陀說：「這麼倔強，賭一賭，再喝水喝它三個禮拜！」
你真的很倔強，讓我覺得必須見怪不怪，
因為你一丁點兒掉下來的舉動都不存在！
再喝水三個禮拜，華陀說：「這個倔強的小子終於自討沒趣地消失掉！」＊

＊感謝馬偕醫院泌尿科許炯明醫師。

為什麼星星總出現在太陽之後？*

找一個無光害的地方，你可以看到很多一閃一閃的
星星，
你可能不認識這顆星或那顆星？但是，很容易地你
終究可以發現，
那光芒閃爍的北斗七星！
天樞、天璇、天璣、天權、玉檔、開陽、瑤光，
他們排排隊、站好好成了一把可以斟酒用的斗杓！
據說他們還有兩顆輔星，一叫左輔、一稱右弼，
左輔、右弼漸漸隱失後，成為了「七現二隱」！
人們說看見這兩顆隱星的人可以得到長壽，
但是，我並不想看到隱星更不想長壽，
只想偷偷地物換星移把北斗七星其中的一顆命名為
「我」，

願這有「我」的北斗七星依然可以光芒閃爍，更可以用來斟酒作樂！
光害漸漸增加了，星星也漸漸消失……
太陽出來了，卻抱怨：
「為什麼太陽總出現在星星之後？」

＊寫在兒子參加第三屆吉他烏托邦決賽之前，星星和太陽都有出現的時候。

疏離*

當少女的祈禱出現的時候，我迅速地衝出家門，你死命地往樓梯而下奔跑！
我只顧著低頭倒廚餘、做分類，你只顧著低頭倒垃圾、做環保！
很少抬頭說一聲「你好」，很少抬頭說一聲「今天天氣真好！」
我家門牌12號，你家門牌22號，
於是少女的祈禱只帶走一堆垃圾、廚餘、和環保！
左鄰右舍的感情沒有更好，
少女的祈禱，只是少女的祈禱！

*靈感來自老同事旅法知名版畫家劉自明得獎作品「聚和的疏離」，農曆年間我們重拾聯繫，三十年未見的老同事，這一回人性不疏離了。

別府大學遊學之旅*

十二男，十女，一箱箱又一箱箱的行李！
我只懂 English，不懂 Japanese，學校讓我掛總理！
他們用破 English 和破 Japanese 外加手勢比一比！
嘻嘻哈哈，哈哈嘻嘻，看來快樂無比！
荷蘭村、豪斯登堡都不如台灣寶島！
山地獄、海地獄，不如泡澡洗溫泉浴！
宇佐神宮，拜一拜，非洲動物園柵欄裡餵猴子、獅子、老虎令人興奮無比！
茶道、花道、書道都是人道！
寶島人穿和服卻不怎麼上道！
上不上道，都是一次中、日交流之道！
安倍爺，釣魚台，難道您還想要？

*有二次帶學生到日本別府大學遊學經驗。

馬拉松*

當槍聲一響時，我有我的考慮，你有你的顧忌！
你怕衝得太快，後繼無力！
我怕開始不努力，欲振乏力！
汗水，一滴，一滴，又一滴……
他超越我，我甩開後面的阿弟！
衝啊！衝啊！大家都死命地賣力！
跑上坡時，心裡吶喊著：「老天助我一臂之力！」
抵達終點時，老李高舉雙手說他拿第一！
小王說：「下次我會更努力！」
只要中途不放棄，你的人生將充滿了動力！

*曾代表學校參加三次北市中等學校教師、學生9.8公里折返跑馬拉松賽。一次拿第十一名，一次拿第十三名獎狀，第三次全程腳抽筋抵達終點。

悼音樂大師——李泰祥

不要問我往哪裡去，我的方向在遙遠的那一端！
但是，除了有橄欖樹，有歡顏，有青夢湖，一定都
蘊含寶島灣！
千年萬年歷經後，歲月與酒將同我為伴！
音符、交響樂、小提琴永遠是我的掛念與牽盼！
告別與不要告別，都請世人心安！
願更多種豆芽菜的人，讓普羅的心靈潔靜，肉體平
安！
不要心傷，不要淚流，我只不過在宇宙中轉個彎！

我變年輕了*

我甩肉二十三公斤，鏡子告訴我：「妳……還不賴！」

相機卻鄙視地說：「妳其實已露出了老態。」

只好花了三萬又七百請了神仙幫我去掉眼袋，

兩天、三天我慢慢地等待，

神仙約我在幸運的第七天去除最後的障礙，

鏡子、相機終於異口同聲地說：「妞兒，妳可以大聲又自信地告訴朋友妳的真實出生年代。」

其實我一直都知道，真正讓人永遠年輕的一款精油叫「心態！」

*本人於一〇三年二月十四日於台北馬偕醫院由醫美科杜隆成醫師做眼袋抽脂手術，效果醫師與本人皆滿意。

亂雲飛渡猶從容*

匿名黑函：「她雖指導學生比賽屢屢獲獎，不適任當導師。」

主任說：「她功過相抵，誰都奈何不了她為人師！」

我心中雪亮，你們是一掛的，匿名黑函者一直是妳的狗頭軍師！經師、人師、只有我自己心中有詩！

主任說：「妳今天又換一套衣服！」

可是她沒發現，我今天又讓學生心服口服！

家銘說：「要不是為了這一本畢業紀念冊，我死都不進入這個校門！」我說：「會為了這本畢業紀念冊而回來，代表你心中仍有感恩，仍有甜蜜的回憶！」

你，家境不佳，乏人關心！

他，匿名黑函者——主任教官！

他不懂你，我懂你……你比他高竿！

*人性的衝突只因誤解，人性的衝突只因利害關係而已，一切值得原諒。

集夢坊

亂雲飛渡猶從容

出版者●集夢坊
作者●阮秀玲
印行者●華文聯合出版平台
出版總監●歐綾纖
副總編輯●陳雅貞
責任編輯●吳欣怡
美術設計●吳吉昌
排版●陳曉觀

國家圖書館出版品預行編目資料

亂雲飛渡猶從容／阮秀玲 著
-- 新北市：集夢坊，民104.07
面； 公分
ISBN 978-986-91398-5-4（平裝）

855 104007220

台灣出版中心●新北市中和區中山路2段366巷10號10樓
電話●(02)2248-7896 傳真●(02)2248-7758
ISBN●978-986-91398-5-4
出版日期●2015年7月初版

郵撥帳號●50017206采舍國際有限公司（郵撥購買，請另付一成郵資）
全球華文國際市場總代理●采舍國際 www.silkbook.com
地址●新北市中和區中山路2段366巷10號3樓
電話●(02)8245-8786 傳真●(02)8245-8718

全系列書系永久陳列展示中心
新絲路書店●新北市中和區中山路2段366巷10號10樓 電話●(02)8245-9896
新絲路網路書店●www.silkbook.com
華文網網路書店●www.book4u.com.tw
跨視界．雲閱讀 新絲路電子書城 全文免費下載 新．絲．路．網．路．書．店 silkbook ◦ com

本書係透過全球華文聯合出版平台（www.book4u.com.tw）印行，並委由采舍國際有限公司（www.silkbook.com）總經銷。採減碳印製流程並使用優質中性紙（Acid & Alkali Free）與環保油墨印刷，通過碳足跡認證。

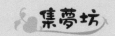

物景速寫

◀圖1

Green is hidden in four seasons.
All things enjoy one thing.
Who can understand my feeling?
Sky will be my company.

圖2▶

Go mountain climbing is easy.
Life is so happy.
Forget love, torture and money.
All things let them be!

翻譯：阮秀玲

這兩首詩是登山的有心人之傑作，與君共賞。

▲圖3
颱風把我摧殘了。
I was destroyed by typhoon.

▲圖4
我在這裡踩樹根。
I step on the tree roots here.

▲圖5
遠處是父親長眠的觀音山。
My father slept in Kuan-yin Mountain far away.

▲圖6
我成熟了，你看到了嗎？
I am ripe, did you notice that?

▲圖7
對不起，您太崇高了；我無法仰望您。
Sorry, you are so high that I can't even touch you.

▲圖8
別打擾我，我正忙著呢！
Don't bother me, I am so busy now.

▲圖9
蜜蜂在採花蜜。
The bee is gathering honey from the flower.

◀圖10
我是金魚。
我是蓮花。
我們很速配。
I am a goldfish.
I am a lotus (water-lily).
We match so good.

▲圖11
聽過嗎？我（綠色的鳥）叫「和尚」。
Have you ever heard of me? I am Monk.

▲圖12
我深藏不露，你居然可以找到我。
我是五色鳥。
I live in seclusion, and you still can find me.
I am Megalaima oorti.

▲圖13
本大爺是鍬形蟲。
I am a stag beetle.

▲圖14
我休息吃午餐的涼亭。
I take a rest and have lunch in this pavilion.

▲圖15
我是神射手。
I am a good shooter.

▲圖16
黑貓，你嚇到我了。
Black cat, you really scare me.

▲圖17
我們就是這樣維持身材的。
That's how we keep in shape.

▲圖18
他三十歲時曾擁有一座湖泊、別墅、游泳池和遊艇。
He owned a lake, a villa, a swimming pool and a pleasure boat at the age of 30.

▲圖19
我們在打太極拳。
We are playing shadow boxing.

▲圖20
他是我的偶像之一，潘爺爺。他全身失去了很多器官。
He is one of my idols, Papa Pan. He lost many organs in his body.

我的拙作

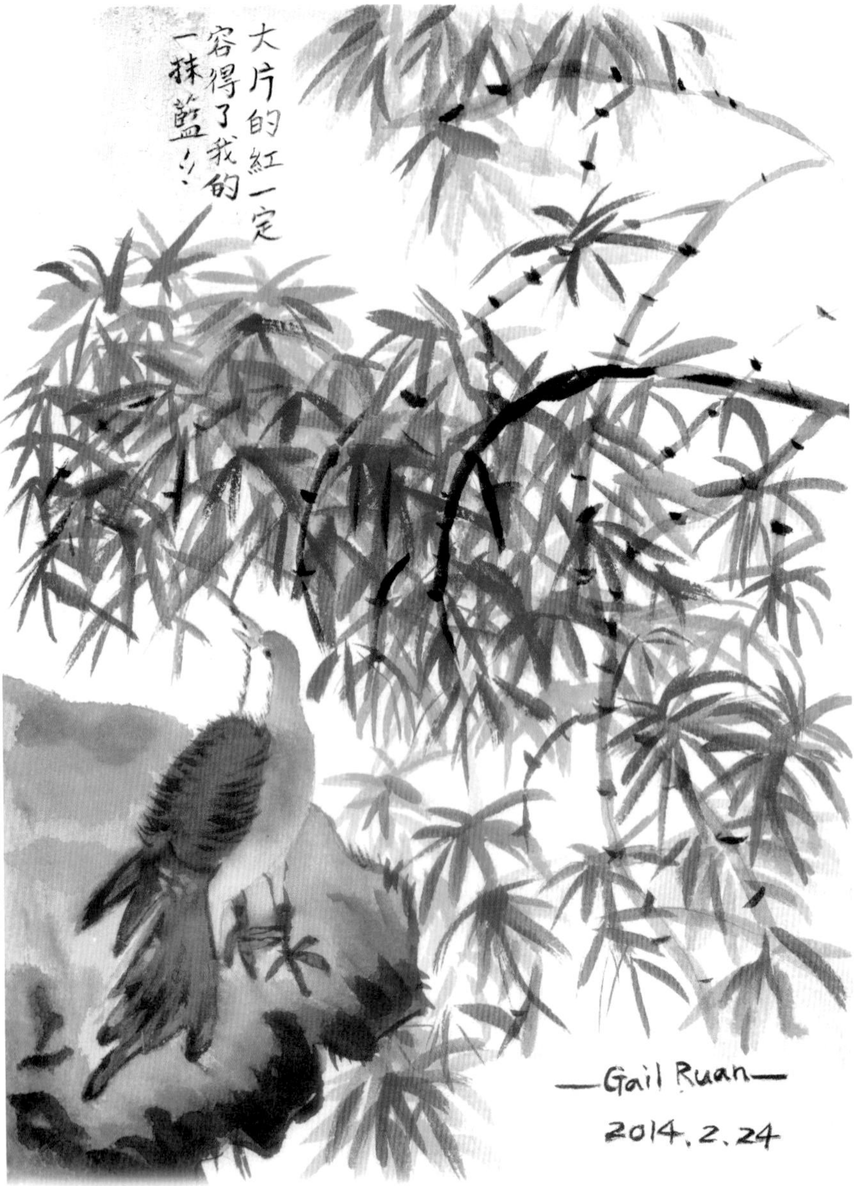
大片的紅一定
容得了我的
一抹藍!!
—Gail Ruan—
2014.2.24

羽生結弦完美演出，
你是愛鄉愛國的
「冰上王子」！
Gail Ruan
2014.2.24

誰說天下烏鴉一般黑？
我最黑！
—Gail Ruan—
2014.3.5

我想一親芳澤……
— Gail Ruan —
2014.2.2

阿公烟不離口！

randpa always has
smoke !

—Gail Ruan—
2014.5.13

好不容易逮到這條蟲啊！
—Gail Ruan—
2014.2.25

遠山含笑，
近水一茅廬。
I Ruan

選我！選我！！
—Gail Rua
2014.2.2

光妳這身行頭、就讓我畫到昏天暗也!!

—Gail Ruan—
2014.8.7
in Victoria